# はみだし将軍

## 上様は用心棒 1

麻倉一矢



時代小説
二見時代小説文庫

目次

第一章　目黒のさんま　7
第二章　一心太助　66
第三章　神祇赤鞘組　136
第四章　佃《つくだ》の鬼火　192
第五章　南海の龍　246

# はみだし将軍——上様は用心棒1

# 第一章　目黒のさんま

## 一

「まったく、妙な男だよ、あいつ」

　目黒不動尊本堂前《めぐろふどうそんほんどうまえ》の急な石段の上から、前方の仁王門《におうもん》まで延びる参道をながめて、白波《しらなみ》のお京《きょう》がくすりと笑った。

　ゆっくりとこちらに向かって流れてくる参拝客の群に逆らって、侍が一人反対方向の仁王門に向かっている。

　歳は三十路《みそじ》なかばというところか。身に着けるものは目にも鮮やかな紅葉を散らした小袖に鹿革の馬乗り袴《ばかま》、どこかの殿様がふらりと遠乗りにやってきたふぜいである。

　腰の大小も立派なこしらえで、下げ緒の朱房の飾りが歩くたびに揺れている。

色白の血色のよい顔立ちだが、周りの町衆とはずいぶんかけ離れて見えるのは、よほど高い身分だからだろうか。

目黒不動尊は、この年寛永《かんえい》十一年（一六三四）の前年、三代将軍徳川家光《とくがわいえみつ》公の庇護を受け、五十棟余におよぶ大伽藍《だいがらん》が完成し、今や江戸でも有数の大寺院となっている。参拝者も、このところひきもきらない。

眼下、男坂と呼ばれる石段の下は広い境内《けいだい》となっていて、十を越える屋台が立ち並び、賑やかに客を呼んでいる。

縁起物の絵馬、暦、破魔矢《はまや》を売る店に混じって、餅《もち》、甘酒、飴《あめ》などの食べ物を売る店も出て、彩《いろど》りを添えている。

奇妙なことに、侍はその屋台のひとつひとつを覗きながら、店の売り子になにか訊《たず》ねている。

白波お京の商売は、その名のとおり泥棒である。といっても、人を強請《ゆす》ったり、刃物で脅したりしたこともないし、どこかの家に押しこんだこともむろんない。

——貧乏人からは盗んだことがない、

これがお京の自慢で、つまりは義賊《ぎぞく》を気取っているのだが、どうしてけっこう貧乏人からもちゃっかりいただけるものは頂戴している。

父もしがないこそ泥で、お京も気がついてみたらこそ泥になっていた、つまりはそれだけのことなのである。

――不公平なもんだよ、人生なんて。

これが、いつものお京の口癖である。

そんなお京から見たら、眼下を行くおとぼけ侍の生活の苦労などとんと縁のなさそうなお気楽顔は、羨ましさをとおり越して小憎たらしい。

(ようし、あいつのお宝を盗んでやるよ)

お京は、そう心に決めた。

「八兵衛《はちべえ》、ついておいで」

本堂の賽銭箱《さいせんばこ》をもの欲しそうに覗いている弟分のちゃっかり八兵衛の脇をついて、お京は声をかけた。

お京の弟分は三人いる。いちばん上がこの八兵衛で、その下にいつも酔ったような紅ら顔のほろ酔いの彦次郎《ひこじろう》、それに歯抜きの藤次《とうじ》である。

この三人はじつは兄弟で、大坂城に忍びこんで太閤秀吉《たいこうひでよし》の曜変天目茶碗《ようへんてんもくぢゃわん》を盗み出そうとして捕らえられ、釜茹《かまゆ》での刑にあった伝説の大泥棒石川五右衛門《いしかわごえもん》の曾孫《ひまご》に当たると自慢しているが、お京ははなから信用していない。

八兵衛は狸顔の小男で、骨董屋が磨きをかけたような照りのあるハゲ頭、それが垂れ目の顔をさらに剽軽《ひょうきん》にしている。

八兵衛は、賽銭箱を未練たっぷりにまた覗いて、お京に駈けよってきた。

「いい鴨《かも》がいるよ。ついておいで」

そう言われて、八兵衛もそのゆったりしたふぜいの侍に目を向けた。

(なあるほど……)

八兵衛の目から見ても侍は隙だらけ。きょろきょろと周辺《まわ》りを見まわしながら、参道を仁王門の方にもどっていく姿は、

——鴨が葱《ねぎ》をしょってるみてえ。

に見えるのであった。

八兵衛は、舌なめずりすると、お京を追って前かがみに歩きだした。二人とも、もうすっかり人生の不公平ぶんをここで一気に取りもどす気になっている。

「八兵衛、あいつがあの屋台の女になんと声をかけたのか、訊いておいで」

お京が、猫背の八兵衛の背を押すと、八兵衛は小走りに駈けだして、侍が首をつっこんだ屋台の女になにやら訊《たず》ねると、すぐにまたもどってきた。

「なんでも、さんまはあるかと訊いたそうだよ。姐御《あねご》」

「さんまだって！」

お京が、素《す》っ頓狂《とんきよう》な声をあげた。

「なんだい、あいつ、左巻きかい。ますますおいしい鴨だよ」

お京の声が、さらに弾《はず》んできた。もう、身ぐるみ剝いでやる気になっている。

一方、くだんの侍は壮大な仁王門を抜け、どこに向かうともなくふらふらと門前の通りを西に折れていく。

江戸幕府が開闢《かいびやく》して三十余年、この年寛永十一年当時の目黒周辺は、まだ幕府の御鷹場《おたかば》が広がる長閑《のどか》な一帯で、この目黒不動はその外《はず》れに位置しており、仁王門を一歩外れると付近は見わたすかぎりの広大な笹藪《ささやぶ》と田畑となる。

ところどころに牛を飼う家が点在していて、その長閑な田園地帯の上空を雲雀《ひばり》が数羽舞っている。

侍の向かう畦道《あぜみち》の彼方に、大きな桜の木がぽつんと一本見えていた。

怪訝《けげん》に思って目を凝らすと、木陰に馬が一頭休んでいる。容姿端麗な駿馬《しゆんめ》で、しかも珍しい白馬であった。

侍はその馬までゆっくりと歩いていくと、たてがみをひとしきり撫で、なにやら田んぼを越えた雑木林の中の古びた館《やかた》に顔を向けてしばらく佇《たたず》んでいたが、また馬から離れて歩きだした。

馬に乗って帰るつもりだったらしいが、どうやら気が変わったのだろう。

お京と八兵衛は、慌てて牛小屋の陰に隠れた。

「それにしても、いい馬だねえ」

お京が腕を袂《たもと》に入れたまま、惚《ほ》れ惚れとした顔で唸《うな》った。

「ありゃ、並の馬じゃないよ。あの朱房の馬飾り、それに乗ってる鞍もなんとも立派なつくりじゃないか。売ればきっといい値になるだろうよ」

お京の声が上ずっている。

「まったくだ。ありゃ、将軍さまでも乗りそうな代物《しろもの》だ」

八兵衛も、垂れ目をさらにだらしなくとろかせて品定めした。

「あいつ、安く踏んでも千石取りの大身《たいしん》のお旗本だね。いや、ひょっとしたらどこかの田舎《いなか》大名かもしれないよ」

「姐御、大丈夫かい？　もししくじったら、これだぜ」

八兵衛は、手刀を首に当ててスッと横に流した。

「なんだよ。おまえ、震えているのかい」

「そういうわけじゃァ……」

「なにビクついてるんだい。おまえ、肝《きも》っ玉《たま》はちゃんと付いてんだろうね。それで一人前の白波に成る気でいるんだったら、百年経っても無理だよ」

「そりゃ、そうだけどよ……」

八兵衛は、半ベソをかいている。

「いいかい。あたしがあの男の後を尾《つ》けるから、おまえはさっさとあの馬を頂戴して、売っぱらっておいで。すぐに売れないなら、あいつの目の届かないところに隠しておくんだ。わかったね」

八兵衛の胸をポンとたたいて後に残し、お京はまた侍の後を追いはじめた。

そのおとぼけ侍は、どうやら桜の木の根元から遠望した館に向かうらしい。畦道《あぜみち》をぐるりと迂回して、ふらふらと小道に沿って歩いていくと、やがて周囲を雑草に覆われた古めかしい館に入っていった。

「なあんだ」

お京は拍子抜けする思いだった。

門前に〈丹波屋善兵衛《たんばやぜんべえ》〉と、朽ちかけた古い表札が掛かっている。そこは館ではなく、お京と四人の仲間が投宿する木賃宿《きちんやど》だったのである。慣れない土地で、お京も土地勘が狂ったらしい。

この頃の木賃宿は自炊《じすい》が原則で、それが嫌な者は薪代《まきだい》を払って持ちこみの食材を料理してもらう仕組みであった。だから、木賃の木は薪代のことである。

この宿の客はあらかた不動尊の参拝客だから、江戸市中からそう遠くないため日帰りが多く、頼めばまかないもして少ない泊まり客を呼び寄せていた。

数軒ある木賃宿のうち、お京らがこの宿を選んだのもとにかく自炊が面倒だったからである。

(おや……)

旨そうな臭いが、お京の鼻をくすぐった。

二階の黄ばんだ格子窓の嵌《は》まった隙間から、なにやら魚を焼く紫煙が漏れてくる。どうやらおとぼけ侍は、さんまの匂いにつられてこの宿に辿り着いたらしい。

「旨いぞ、旨い」

微《かす》かに、侍の間《ま》の抜けた歓声が木戸の隙間から漏れてくる。

お京は苦笑いして宿にもどると、土間で下駄《げた》を脱ぎ、正面の階段を軽い足どりで二階に駆け上がった。

古ぼけた殺風景なつくりの木賃宿で、二階はだだっ広い大部屋が数間あるだけ、お京と三人の弟分、それにわけあって四人をここに連れてきた口入れ屋放駒助五郎《はなれごますけごろう》が寝泊まりする部屋も、いま侍が食事しているそこであった。

(やっぱり……)

見れば、侍が旨そうにさんまを食っている。

侍は、別途金を払って宿にさんまを注文したようである。横で小女《こおんな》がにこにこしながら二皿めのさんまを供している。

立派な身なりの大身の武士が、嬉々《きき》としてさんまをパクつく姿が面白いのか、同宿の老爺と商人風の若い男、それに宿の子らしい二人の童《わらべ》が取り巻いて、クスクスと笑っている。

侍はそんな周りの目など気にとめる様子もなく、ついに三皿めにとりかかった。皿には二匹ずつ乗っているので、これで五匹めである。

(まったく、妙な侍だよ……)

お京はあらためて首をひねったものの、その屈託のないそぶりに相好《そうごう》が崩れるのを抑えられない。この侍がなんとも隙だらけで、それが愛嬌を生んでいるのである。

(子供に好かれるんだから、悪い人じゃないんだろうね……)

そう思えば、妙に親しみさえ湧いてくる。

と、いきなりお京の腹が鳴った。そういえば、昼は境内で屋台の田楽《でんがく》を二串つまんだだけである。

（なんだか、あたしもさんまが食べたくなったよ）

誘われるようにさんまに目をやって、お京はブルンと頬を振るわせた。

（いけない、いけない。商売だよ）

これから、侍の懐の金を頂戴しなくてはならない。

侍は三皿めもぺろりと平らげると、懐から財布を取り出し、宿の小女にまたさんまの追加を頼んだ。

その取り出した金が、なんと小判である。

小女は、釣がないと困惑している。

（まったく。小判でさんまを買うなんて、どこまで世間知らずかね）

そうあきれかえる一方で、お京は侍が残念そうに小判をもどしたその財布にふたたび目を奪われた。房の紐の付いた錦織りの大財布で、なにかを飲みこんだように膨らんでいる。

（ありゃ、五十両は入っているよ……）

お京は、なんだか嬉しくなってきた。侍のおかげで、一年や二年は楽しく暮らせそうである。

けっきょく追加の皿を断られ、侍は未練がましく骨についたわずかな身をつつきはじめた。

その食べ方が変わっている。まるで鮎《あゆ》の塩焼きでも食べるように上手《じょうず》に頭から背骨を抜いて、皮をはじいている。

「ちょいと、お侍さん」

お京は、しびれを切らして侍の背後から声をかけた。

「なんだ」

侍は、後ろに目がついていたように、振りかえらずに返答をした。

「さんまは、皮だって食べられるんですよ」

「そうだったのか、それはよいことを聞いた」

侍は、お京にあらためて振りかえると、よいことを教えてもらったとうなずいて、また残りの身を皮ごと食べはじめた。

「ふむ。たしかに皮も旨い」

お京は侍の前にまわって、

「お侍さん。さんまは初めてかい？」

屈みこんで微笑《ほほえ》んだ。

「いや、もう幾度か食べている。初めて食べたのがこの目黒だった。その味が忘れられずに、ここに舞いもどってきたのだ」

「さんまくらい、江戸市中のどこでだって食べられるだろうに」

お京は、ちょっと眉を顰《ひそ》めて問いかけた。

「いや、駄目《だめ》だ。わたしの屋敷の者は調理法を知らない。幾度か作らせたが、この味が出せぬのだ」

「へえ、さんまなんて、どうやったってこんな味だろうさ」

お京が、上目づかいに侍をうかがった。

侍は、見れば見るほど育ちのよさそうな顔だちで、お京の生きてきた世界でこれまで一度も見たこともない人品骨柄《じんぴんこつがら》である。幼い頃の天然痘《てんねんとう》のあばたが、瓜実《うりざね》の色白の顔にちょっぴり野趣《やしゅ》を与えている。

「いや、屋敷では焼いてくれぬのだ」

「妙な話だね。じゃあ、さしみにでもしたのかい、それともお吸い物?」

「両方だ」

「そりゃ、さんまの刺身なんて、よほど新しくないと脂《あぶら》っこくて食べられないよ。吸い物も、さぞや生臭かっただろうね」

「よくわかるな」

「そりゃわかるよ。江戸広しといえど、さんまの吸い物なんて飲んだのはきっとお侍さんだけだよ」

「そうか」

侍は、苦笑いしてお京を見かえした。

お京は、ぞくりとして侍を見かえした。

いい眼をしている。無邪気で世間知らずは割引いても利発そうで清々《すがすが》しい。それにこの男ッぷりなら、ぶらりと江戸の町を歩きまわるだけで、幾人でも女がついてこよう。

「ところで、そなたは」

「あたしはお京。この目黒不動に願懸《がんか》けに来たんですよ。あたしもこの宿に泊まってるんです。お侍さんも、この宿にお泊まりかしら？」

「まだ決めておらぬのだ。私は厄介者の次男でな。ついさっき家を飛び出してきたばかりなのだ」

「あらまあ、家出。でも家出なんて、よほどの覚悟がなくちゃできないもんだけど、まだ腹が決まってないのかい」

お京は、ちょっと呆れて伝法《でんぽう》に訊いた。

「ああ、まだ決まっておらん。だが、今日がまちがいなく私の人生の転機となる日であろう。これまで私は、周りの者に踊らされどうしだった。それが、どうにも耐えられなくなったというわけだ」

「へえ、それで世をすねて家を出てきたってわけだね。いったいどんなご身分だったんだい？」

「当ててみろ」

侍は屈託のない眼差しをお京に向けた。

「次男坊といっても、どこかのお大名か、大身のお旗本の御曹司《おんぞうし》でしょう」

「それは、買いかぶりだ」

「じゃあ……」

お京は、侍のすぐ脇に座ってその横顔を覗きこんだ。

「貧乏旗本の次男坊だ。いわゆる部屋住みというやつだよ。ただの穀潰《ごくつぶ》しさ」

侍は、お京が答える前にボソリといった。

「とても、そうは見えないけど……、お名前、うかがっていいかしら」

「私か。葵徳ノ助《あおいとくのすけ》という」

「なんだか、立派なお名前」

「お京といったな。願懸けに来たと言ったが、なんの願懸けだ」

「そりゃ、言えませんよ」

「でも、言っちまおうかねえ」

そう言って顔を背け、徳ノ助の興味深げな眼差しを振り切ってから、
気をもたせるようにして、徳ノ助に流し目を送った。

「このところ、男ひでりだったんですよ。お侍さんのようないい男に出会えるように
って、願を懸けたんですよ」

お京は、また侍をハスに見て首を傾げた。

「それでか。おまえは、ずっと境内から私を尾けてきたな」

「えっ」

お京は、啞然《あぜん》として侍を見かえした。

「気づいていたぞ。ずっと境内からだ」

「でも、どうして……」

お京は、険《けわ》しい目で徳ノ助を見かえした。

「なに、私には後ろに目がついているんだよ。それから私は、仁王門を抜けて畦道を通り、馬小屋の脇を抜けて桜の大木のところまで行った。おまえ、ずっと遠くから私を見ていたな。連れの男はどうしたのだ」

「連れだなんて……」

「いいんだ。問いつめるつもりはない。ただちょっと馬が心配になってきた」

お京は、ぎくりとして身を引いた。

「あんた、いったい何者さ……?」

「さっき言った〝厄介者〟の葵徳ノ助だよ」

侍は、正面からお京を見すえてにたりと笑った。

「ち、馬鹿にしてるよ。そんなおとぼけ顔で、なにもかも気づいていたんだね」

お京は突き放すように言って、懐を探った。

まかりまちがえば、この侍を刺して逃げるつもりでいる。

「やめておけ、怪我をするだけだ。それに、私はおまえを役人に突き出すつもりなどない」

徳ノ助はにやりと笑って、

「だが、馬だけは返してほしい。あれがないと屋敷にもどれぬからな」

「知りませんよ、そんなこと。だいいちあんた、腹が据《す》わってないね。家にもどらないんなら、馬なんか邪魔になるだけだろう」

「それは、そうだが……」

徳ノ助が困ったようにお京を見かえしたところで、いきなり階段で荒々しい音がして、遊び人風の男が三人、二階に駈け上がってきた。


「あっ、姐御《あねご》ッ！」

ちゃっかり八兵衛が、前のめりに二階に上がってくると、お京が侍と一緒にいるのを見て言葉をつまらせた。後ろの二人は、なにが起こったのかわけがわからず目を白黒させてお京と徳ノ助を交互に見ている。

八兵衛は、握っていた徳ノ助の愛馬の鞭《むち》を慌てて背後に隠した。

「あんたたち、こちらさまにご挨拶なさいな」

「へへえ、そりゃ、まあ」

酔ったように頬を紅く染めているほろ酔いの彦次郎が、小腰をかがめて小鬢《こびん》を撫でた。酒の入っているらしい瓢簞《ひょうたん》が、腰でぶらぶら揺れている。

「おまえ、私の馬はどうした」

徳ノ助が、お京の背に隠れた八兵衛を鋭い眼で睨んだ。

「なんのこって？」

八兵衛がすっとぼけた声を出すと、

「なんのことではない。馬の鞍に挟んでおいた鞭を、なぜおまえが持っている」

「げっ」

八兵衛が、慌ててまた鞭を背後に隠した。

「謝っちまいな。もうバレてるんだよ」

お京が、ふてくされた口調で言った。

「知らねえよ、こりゃ、道で拾ったものだ」

八兵衛はそう言いながら、あわてて片手で懐を探った。

いざとなったら、匕首《あいくち》を振りまわして逃げるつもりらしい。

「どこに売り飛ばした」

「うるせえ、知らねえと言ったら知らねえや」

八兵衛が左右の二人に目くばせすると、三人がパッと左右に広がって、徳ノ助を囲んだ。

時ならぬ喧嘩騒ぎに、宿の客がわっと廊下に逃げ出して身を低め、ようすをうかがう。

「しょうがないね。やっぱりやるっきゃないのかい」

お京が、畳の上に投げ出した徳ノ助の大小をすばやく奪い取り、男たちの背後にまわった。

「しかたのないやつらだ。怪我をするだけと言っただろう」

徳ノ助はすっくと立ち上がると、狸顔の八兵衛がいきなり徳ノ助にダッと匕首を突きつけてきた。

それを体《たい》を薙《な》いで軽々とかわすと、徳ノ助は延びきった八兵衛の手首をバッと摑み、ひねりあげて足払いをかけた。八兵衛はもんどりうって二間《にけん》先に投げ飛ばされた。

「次ッ」

月代《さかやき》を黒々と伸ばした顎のいかつい男が、つづいて匕首を腰だめに突いてくる。

それを、徳ノ助はひらりと横に飛んでかわすと、そのまま前のめりとなったこの男の尻を思い切り蹴りつけた。

「ああッ」

男は、たたらを踏んで前に崩れこむ。

「だらしないねえ、藤次」

お京が、顔をしたたか畳に擦りつけた男を抱え起こした。

「どうした、もう一人」

徳ノ助は、匕首を握りしめたまま部屋の隅で凍りついているほろ酔いの彦次郎に声をかけると、

「馬鹿やろう！」

いきなり、雷のような怒声が二階に轟《とどろ》いた。

どこから現れたのか、まるで力士のような巨漢が、怒気に真っ赤に頬を染めて棒立ちになっている。

上背は六尺近いが、目を引くのはその大亀のようなずんぐりとした体軀《たいく》であった。首が肩に埋もれたように短く、大きな丸い胴体に比べて足もひどく短い。男は太鼓腹を突き出すようにしてさらにずんずんと前に出てくると、部屋の中央で四人をぐるりと見まわした。

「親方ッ！」

「おめえら、またやらかしやがったな」

四人は、大男にどなられてへなへなとへたりこんだ。

「八兵衛、彦次郎、藤次、おまえら、いってえこの目黒不動になんのために願懸けに

来たと思っていやがる。もう人さまのものには二度と手をつけねえって、誓いに来たんじゃなかったのかい」

「ごめんよ、親方、ついほんの出来心だったんだ」

お京が、親方に駈けよってその腕にすがった。

「やっぱり盗みか。いったいこちらのお侍様のなにを盗んだんだ」

「馬だよ。あたしゃ、さっきからこちらに謝ってたんだけど、この三人が喧嘩をふっかけやがった」

お京が、侍に投げつけられへタリこんでいる男たちを見下《みおろ》した。みな額を古畳にこすりつけ、一言も口をきけない。

「まったくしょおこりもねえ。そんなことをしちまったんなら、こちらのお武家様が寺社方役人に突き出したって、文句は言えねえんだ。ええ、これからどうするつもりだい」

親方は、腹を突き出しグイグイと迫ると、

「すまねえ、もう二度としねえよ」

八兵衛が、親方の短い脚にからみついた。

「いいや、許さねえ」

親方は、ちらりと侍を見た。

「畜生。こうなりゃ、破れかぶれだ。おれたちゃ、天下に名の知られた石川五右衛門の曾孫だ。大泥棒の赤い血が流れてるんだぜ。やめろと言われたって、やめられるものじゃねえ」

ほろ酔いの彦次郎が、いきなり親方に飛びかかった。

それをがっしり受けとめて、親方はグイグイと押しもどし、威勢よく外掛けに投げ飛ばした。

「こん畜生ッ！」

今度は、藤次が頭から飛びかかっていった。

それを腹で弾きとばすと、崩れた藤次を片腕で抱えあげ、また高く放り投げた。

「次は、八兵衛」

親方が、にやりと笑って手招きした。

「もう、それくらいでいいだろう。親方」

争いをにやにや笑いながら見ていた徳ノ助が、やおらすすみ出て仲裁《ちゅうさい》に入った。

「たしかに、お京も八兵衛も謝ってくれた」

「えっ、許していただけるんで！」

親方は言って、嬉しそうに徳ノ助の手を取ると、

「すまねえ、お侍さん」

大仰《おおぎょう》に安堵の笑顔を浮かべた。

「いや、大した芝居だったよ。まるで九郎判官《くろうはんがん》と弁慶《べんけい》の安宅《あたか》の関《せき》の一幕のようだ。あんたの名は」

「あっしは花川戸《はなかわど》の口入れ屋〈放駒《はなれごま》〉の助五郎《すけごろう》というケチなモンで。うちの三人が、まったくとんでもねえことを。どうか許してやっておくんなさいまし」

親方は、いきなり座りこみ、徳ノ助に深々と頭を下げた。

「かまわないよ。ただ、私の馬だけはかえしてほしい。このままでは屋敷にもどれぬからな」

「そりゃ、そのとおりで。おい、おまえら。こちらさまの馬はどうしたんだ」

助五郎が、三人を問いつめると、

「へい、もうとっくに売り飛ばしてしまいやした」

苦笑いして後ろ頭を掻いた。

「ばかやろう。買いもどしてこい」

助五郎は、懐の財布を丸ごと八兵衛に投げつけた。

# 二

八兵衛が、宙を踏むようにして階段を駈け下りていくと、親方があらためて徳ノ助に向きなおり、深々と頭を下げた。

「こいつらのしでかしたことは、このあっしの監督不行き届きによるもの。お詫びに一席設けとうございますが、今宵はあっしどもとおつきあいいただけましょうか」

「それはいいが……」

徳ノ助は、ふと窓越しに外に目をやった。空が茜色《あかねいろ》に染まり、ゆっくりと夜の帳《とばり》が下りようとしている。

「しかたない。酒でも飲みながら、馬の帰りを待つよりあるまいな」

「そうですかい。そいつはなんともありがてえ」

助五郎は、三人の兄弟とお京を見かえして幾度もうなずいた。

放駒助五郎がたっぷりと宿の亭主に駄賃を弾んだので、借り切った大部屋には次から次と大徳利が運びこまれ、元力士だった助五郎とお京が腕によりをかけて作ったちゃんこ鍋を囲んで、賑やかな宴が始まった。

「葵様は、まったく気のいいお方だ。で、葵さまはどちらのお旗本さまで」

「それはな……」

徳ノ助はちょっと言いよどんでから、
咄嗟《とっさ》に思いついた馴染みの旗本の名をあげた。

「大久保彦左衛門《おおくぼひこざえもん》の分家筋だ」

大久保彦左衛門は、徳川家譜代《とくがわけふだい》の直臣《じきしん》で、兄大久保忠世《ただよ》とともに、各地を転戦し家光の祖父家康《いえやす》の天下取りに貢献した。

今は、三代将軍徳川家光の旗奉行《はたぶぎょう》をつとめているが、これは名誉職のようなもので、高齢ということもありしばらく城に姿を見せることもない。

むろん、徳ノ助が彦左の血縁なわけはない。葵徳ノ助はじつは仮の名で、その正体は三代将軍徳川家光である。

家光は、これまでも時折思い立ったように一騎駈けに馬を飛ばし、家臣をやきもきさせていたが、この日は一年前に食べたさんまの味が忘れられず、思い立ったように目黒まで馬を飛ばして来たのであった。

「大久保さまといえば将軍家のお直参で、小田原城主にご出世なさった大久保忠世さまの弟に当たられる方、となれば葵様もいずれはどこかのお大名にでも」

助五郎ははちきれそうな段腹を擦りながら、家光の顔を覗きこんだ。

「冗談はやめてくれ。私は分家の分家で、しかも次男坊。いつまでたってもうだつがあがらない」

「それにしては、徳ノ助さんのお馬がご立派すぎるよ」

お京が、腕を組んで不思議がった。

助五郎は徳ノ助が機嫌よく酒を飲んでいるのを確かめてから、

「さあみんな、ご挨拶をおし」

お京が、あらためて三人の弟分を徳ノ助に紹介した。

三人はそれぞれ、ちゃっかりの八兵衛、ほろ酔いの彦次郎、歯抜きの藤次といい、お京の父を頼って弟子入りしてきたのだという。

「まこととも思えぬな。大泥棒の末裔が、こそ泥の弟子入りか」

家光は笑って受けとめたが、むろん信じるわけもない。

八兵衛も彦次郎も藤次も、ハナから信じてもらえないとあきらめている。

一方、放駒親方は、前頭《まえがしら》三枚目までいったが、足の怪我で引退、植木職人となったものの体のとりまわしが難しく、何度も木から落ちるので、あきらめて女房の兄で町奴《まちやっこ》として評判の白神権兵衛《しらがみごんべえ》をまねて口入れ屋を始めたという。

江戸の町はいよいよ繁栄期を迎え、あちこちで突貫工事が始まっており、人手はいくらあっても足りないほどなうえ、相撲仲間がうだつの上がらない幕下を多数紹介してくれるので、人足の募集には困らないという。

「こいつらは、これまで泥棒の真似事をしていやしたが、あっしの口入れ屋でまっとうな仕事に就《つ》きてえっていうんで、使ってやることにしたんです。ところが、どうも血が騒ぐってんでしょうかねえ。思い出したように他人様《ひとさま》の物を……」

助五郎が、困ったように三人を見かえした。

皆、にやにやと笑っている。

「人の性《さが》はなかなか変わらぬものだ。まあ、長い目で見てやるといい」

「へい」

そこに、朽ちかけた階段を駈け上がってきたちゃっかりの八兵衛が、

「やっと、取りかえしやしたぜ」

家光に、屈託のない声をかけた。

初めのうちは、奇妙な侍と見ていた放駒の連中も、酒の勢いもあってすっかり家光とうちとけ、

——徳さん、徳さん、

と呼ぶようになった。

家光も、町衆との交わりは新鮮な体験で、嘘をつくうしろめたさはすっかり吹き飛んで、いつしか気軽な貧乏旗本の次男坊に成りきってしまった。

とうに帰城する気はなくなって、他愛ない話に花が咲く。

すっかり家光に親しみを抱いた白波の三兄弟がする話は女の噂ばかりである。

——谷中天王寺門前《やなかてんのうじもん》の茶屋〈鍵屋《かぎや》〉の看板娘はいい、

だの、

——浅草《あさくさ》門前の茶屋〈奈良屋《ならや》〉のお米《よね》は器量よしだ、

——あるいは、近江屋《おうみや》のお仙《せん》はもっとぺっぴんだ、

などと他愛がない。

と、ガラリと色の褪《あ》せた襖が開いて、突然いかめしい男が部屋のなかを見まわした。

延び放題の月代《さかやき》、黒々と蓄えた鬚《ひげ》は、長い浪人生活を物語っている。

大柄の体軀に不釣り合いの短足がに股が、この男の挙動をどこか滑稽《こっけい》に見せているが、武術の鍛練は怠っていないのだろう、その立ち姿のどこにも隙はない。

家光は、すぐにこの男を思い出した。

元和《げんな》九年（一六二三）、将軍位を継承してから、家光は各流の武芸者を集めたびたび御前試合を催してきたが、この男は小野派一刀流《おのはいっとうりゅう》を代表して出場していた記憶がある。

あの折には、たしか準決勝まで勝ち進んだが、最後に二階堂流平法《にかいどうりゅうへいほう》という変わった剣法を遣う野村一心斎《のむらいっしんさい》に敗《やぶ》れた。

だから、この男はまちがいなく観覧席の家光を見ているはずである。

おそらく、顔も憶えているだろう。

（まずい）

家光は、とっさに首をすくめた。

せっかく名を伏せ、放駒一家の者たちと知己《ちき》を得たというのに、これではすべてが台無しとなる。

だが、男はずけずけとおかまいなしに部屋に踏みこんでくると、

「同宿のよしみ。仲間に入れてくれぬかの。酒はほれ、ここにある」

大徳利を掲げ、太々《ふてぶて》しい角顔を突き出して助五郎に頼みこんだ。

「あんたは」

助五郎が、鬱陶《うっとう》しそうに訊ねた。

「素浪人花田虎ノ助《はなだとらのすけ》と申す」

男は、ちらと家光を見て自信たっぷりに言った。

「まあ、いい。一緒に飲んだらいい」

助五郎が、鷹揚《おうよう》に応えた。

「ありがたい」

「さ、おひとつ」

お京の酌で虎ノ助は喉を潤《うるお》すと、

「いやあ、綺麗《きれい》どころもいて、楽しそうな席だ」

あらためて皆を見まわした。

「あんたは腕が立ちそうだが、仕事をする気はあるかい」

助五郎が虎ノ助に訊ねた。

助五郎は口入れ屋である。商売に使えるかもしれないと見たらしい。

虎ノ助は、それはありがたいと応じて、今ある人物のお目付役として、目黒まで来ているとつけ加えた。

「まったく我が儘放題のお人でな。やきもきすることばかりしおる。ことに好きなことには目がないようでな。大きななりをして子供のような男だ」

「へえ、困ったお人だね」

お京が徳利の酒をすすめながら言った。

「まったくだ。目に余ることをしでかすようなら、少し灸《きゅう》をすえてもいいと言われておる」

「そんな世間知らず、きつく懲《こ》らしめてやるといいよ」

「うむ」

虎ノ助はそう言いながらも、あまり多くを語らない。

と虎ノ助が、初めて家光に向き直った。

「ご貴殿は」

「私は葵徳ノ助」

知らぬはずはないと思いながら、家光はとぼけてみせた。

「どこかであったことがあるような気がするが、まあいい。よしなに頼む」

虎ノ助は、そう言ってまた酒にもどった。大きなどんぶりに盛ったちゃんこ鍋にも遠慮なく食らいつく。

虎ノ助は、お京の酌でうわばみのように飲み食いをしていたが、皆がしたたかに酔って呂律《ろれつ》がまわらなくなったことを確かめて、突然家光に向き直ると、

「あれはひどい試合だったぞ」

ぼそりと言った。

「負けたから言うのではないが、あれはまともな剣ではなかった」

虎ノ助がさらに言った。

どうやら、対戦相手の二階堂流野村一心斎のことらしい。

「あれは念術で幻惑する邪道の剣だ」

「そのような剣があるのか」

家光は、虎ノ助の言う念術を用いる剣法に興味を覚えた。

家光は、将軍家剣術指南役として柳生宗矩《やぎゅうむねのり》に新陰流《しんかげりゅう》を、小野忠明《おのただあき》に小野派一刀流を修めている。いずれも皆伝《かいでん》を得るほどの腕だが、どちらも誰もが認める由緒ある剣で、念術で相手を幻惑する剣があるなど、これまで聞いたこともなかった。

観覧席からは遠すぎてわからなかったが、この男がそのような剣で幻惑され敗れたのであれば、悔しがるのも無理はない。

「相手の姿がにじんで見えて、そのうち二つになった。その同じ二人が、同時に打ちこんでくるのだ。気がつけば一本取られていた」

「そんなもの、剣術と言えないんじゃないのかい」

横で話を聞いていたお京が、虎ノ助に肩入れした。

家光もそう思う。

「だが、真剣勝負なら、なんでもありじゃねえんですかい。勝つ者が生き残る。負ければ死んじまうんだ」

案外現実家らしい藤次が反論した。

「喧嘩と同じってわけだな」

助五郎が、丸く大きな顎を撫でた。助五郎もなんでもありの口らしい。

「勝ちゃいいってのも一理ある。綺麗《きれい》ごとばかりじゃ、勝てねえ。だいいち、剣は斬られたらお陀仏《だぶつ》だ」

八兵衛も藤次と同じ意見である。

「なるほどね。五右衛門の曾孫はそう見るかい。で、徳さんはどう見るんだい」

お京が、徳ノ助の肩をたたいた。

「そうさな。念術も策のうち。真剣勝負では、負けぬようにせねばな」

虎ノ助がチッと舌打ちして家光を見かえした。

家光が飄々《ひょうひょう》と言うと、

「徳さんって、のほほんとしているようでいてなかなかのしっかり者だね。たくましいよ」

お京が家光にすがりついてきた。だいぶ酔っている。なんでもいいから、男たちにからみたくなってきたようだ。

「おれは、あれ以来大酒飲みになってしまったよ。酒で己を慰めておるのかもしれぬ。試合は負けるものではないな」

今度は、虎ノ助が家光にからんできた。

「もういちど、あの野郎と勝負がしたい。なんとかしてくれぬか」

虎ノ助はぼそりとそう言った。やはり、徳ノ助が家光と知っているらしい。

「今度は、いつ試合があるんだい」

お京が、虎ノ助に訊いた。

「さてな、将軍様に訊いてみなけりゃ、そればかりは痩せ浪人のおれにはわからんよ」

虎ノ助は、ふと目を剝いて家光を見かえし、また盃を仰いだ。

# 三

「ねえ、徳さん、起きておくれよ」

家光は、ふと耳元に語りかけるお京の声に目を覚ました。

「どうしたのだ、お京……」

「あの三人が、いないんだよ」

放駒一家の者と家光が寝ている大部屋では火鉢の灯りだけが闇に微かに浮かび上がるばかりで、ほとんど真の闇に近い。目を凝らすと、かろうじて隣で放駒が高鼾《たかいびき》をかいて寝ているのが見えた。なるほど、その向こう、三人の男たちの布団は空《から》のようである。

「この夜更けに揃って姿を消したとは、たしかに妙だな……」

家光は、寝ぼけ眼《まなこ》で考えた。

「そうでしょう。揃って厠《かわや》に立つわけではないからねえ。また、なにかしでかすんじゃないかと心配なんだよ」

「あれだけ誓ったのに、また白波か」

「たぶん……」

お京は、困ったように声を落として言った。

「じつはね、親方の手前、目黒不動に願を懸けるなんて言ってたんだけど、あの三人、ここに来たのもちゃっかり裏稼業のことも考えてのことだったんだよ。泥棒の七つ道具を持って来てるしさ」

「泥棒の七つ道具か。それは面白そうだな」

「冗談はやめてくださいな」

お京は、起き上がった家光の肩を揺すった。

「なにを盗むつもりだ」

「お賽銭《さいせん》です」

「ふむ」

たかが賽銭かと思ったが、考えてみればケチな盗みとも言えない。

目黒不動ともなれば賽銭箱も大きく、かなりの金が貯まるはずである。

小銭も掻き集めれば数十両になるはずで、捕まれば獄門台《ごくもんだい》、場合によっては寺侍にその場で斬り捨てられてしまうかもしれない。

「それはまずいな」

家光は、眠い目を擦って、むくと起き上がった。

場合によっては、目黒不動とかけあわねばならないか、と思った。

家光と目黒不動との関わりはいたって深い。

黒衣の宰相《さいしょう》天海《てんかい》大僧正の勧めに従い、この地に天台宗の分院目黒不動を再興させたのは他ならぬ家光なのである。

今の貫主は生順《しょうじゅん》大僧正といい、天海大僧正の弟子筋である。その生順大僧正から昨年の祝賀の祝典で聞いた話では、たびたび賽銭箱が狙われるため屈強の寺侍に昼夜を分かたず警備させているという。

「ねえ、徳さん。やめさせておくれよ。もし、捕まらなくても、あいつら、親方に見つかったら今度こそ半殺しの目にあわされるよ」

「わかった」

家光は、闇のなか枕元の差料《さしりょう》を探りあてると、助五郎の寝息を確かめて立ち上がった。

隣室を覗くと、虎ノ助の姿がない。妙な奴と思いつつ、足音を潜《ひそ》めてお京と廊下をすすんだ。

「下の土間にたしか提灯《ちょうちん》があったよ」

大刀を腰間《ようかん》に沈めると、お京が手燭《てしょく》を掲げて家光を先導していく。

通りに出れば、淡い月光を受けて夜道が白い。

「寒いな」

家光は、ブルンと背筋を振るわせた。

秋も深まり、狩場を渡ってくる夜気がいちだんと冷たい。

「急ごう」

家光は、お京に手渡されたぶら提灯を握りしめ、お京とともに目黒不動の大本堂に急行した。


仁王門をくぐって石段を駈け上がり、さらに人気《ひとけ》のない参道を本堂に向かって駈けていくと、前方に黒い人だかりがある。いくつもの人影が、松明《たいまつ》の明かりの下で蠢《うごめ》いていた。寺僧らしい。

「何者だッ!」

近づいてくる提灯に気づき、寺僧がこちらに向かって野太い声をあげて誰何《すいか》した。

「あの、人を捜しております」

とっさに、お京が言いかえした。

「怪しい奴らだ。この者らの仲間ではないのか」

別の僧が荒い口調で言う。

近づいてみれば、八兵衛、彦次郎、藤次の三人が縄を打たれて背を寄せあい賽銭箱の前でうずくまっていた。

「お京姐さん……！」

八兵衛が、二人を見つけて情けない声を出した。

「やはり、こ奴らの仲間だぞ」

「取りかえしに来たな」

数人の僧が極太《ごくぶと》の六角棒をいっせいに家光に突き出し、身がまえた。

「待て、待て。私は怪しい者ではない。私は、葵徳ノ助といい、直参旗本《じきさんはたもと》である。生順大僧正とは昵懇《じっこん》の間柄で、直《じか》にお話しできればすぐにわかる。お取り継ぎ願いたい」

家光が中央に立つ大柄の寺僧に向かって言うと、

「こ奴、なぜ大僧正の名を知っておるのだ」

別の僧が、いぶかしげに家光の顔を松明で照らした。

「はて。おぬし、どこかで見たような……」

揉上《もみあげ》だけを太く残した大柄の僧が首を傾げて、顎を撫でた。

「そうであろう。昨年本堂落成の折、祝賀の席に招かれた」

「当寺に招かれたと申されるか」

僧の居住まいが、にわかにあらたまった。

貫主に招かれたとすれば、よほど高位の者と思われる。

「あいにく大僧正は、お休みになられておられる。葵殿が貫主といかなるご関係かは存じあげぬが、いずれにしてもこの者らが賽銭を奪わんとしたことは動かしがたい。いかにご縁のある者とはいえ、この賊らの罪は免れぬぞ」

「さよう、断じて容赦いたすな」

闇の奥から、ぬっと男が現れた。

「あっ」

家光はハッとして息をのんだ。先刻までともに飲みあかしていた花田虎ノ助その人である。

「いかなる者の仲介であろうと、けっして許してはならぬ」

虎ノ助ははうって変わった冷やかな口ぶりで家光に近づいてくると、

「容赦はできぬのだ」

いきなり胸ぐらを摑んで押したてた。

家光はズルズルと後ずさり、石段の手前でようやく留まった。

「こ奴ッ！」

家光は、目を剝《む》いて虎ノ助を見かえした。

「葵殿、こちらの花田虎ノ助殿がこの三人を捕り押さえてくだされた。お話をうかがえば、武道百般に通じ、先年の御前試合では準優勝されたという」

さきほどの揉上の濃い僧が言った。

「この男なら知っておる」

家光は冷やかに応えた。

「知っておられる？」

「わしは知らぬぞ、このような男」

虎ノ助が、平然と言い捨てた。

「どういうことだ」

家光が、虎ノ助の耳もとで訊ねた。

「ふん、おぬしなど知らぬな」

虎ノ助は、あくまでとぼけるつもりらしい。

「この者が盗賊の一味であることはたしか。いや、盗賊の親玉かもしれぬぞ」

虎ノ助が嘲笑《あざわら》うように言った。

「なにを言う！」

家光は、また目を剝いて虎ノ助を見かえした。

「いや、まちがいない。まずこ奴を引っ捕らえて、寺社奉行に突き出すとよい」

虎ノ助は、さらに家光の胸ぐらをぐいぐい押してくる。

「面白い」

家光はカッとなって、虎ノ助の手を振りはらった。

たがいに組み合うと、虎ノ助はさすがに関口流柔術を修めただけあって、手強《てごわ》い。

家光は、いきなり玉砂利に投げつけられた。

「許さぬ」

ふたたび虎ノ助に歩み寄ると腕をとり、足払いをかけた。家光は柳生新陰流《やぎゅうしんかげりゅう》に伝わる秘伝の柔術を修めている。

油断していたのか、虎ノ助はもんどりうって玉砂利の上に転がった。

「徳さん、負けないで」

叫びながら、お京は秘かに寺僧の背後にまわりこみ、三人の縄を解いている。

「こ奴ッ！」

寺僧がそれに気づき、お京と三人を取り囲んだ。

家光と虎ノ助は、組み合ったまま動かない。

「家光公、お一人で城を抜け出したばかりか、白波と組み、寺の賽銭を盗ませるなど、許せませんぞ」

虎ノ助が、家光の耳元でささやいた。

「わしは賽銭など盗ませてはおらぬ。それに、おまえに言われる筋ではない」

「懲らしめねばなりませぬ」

虎ノ助は、ぐいぐいと押してくる。

家光は玉砂利の上を滑りながら後退した。

闇の奥に、突然嗄《か》れた老人の声があがった。

「もうよいよい」

「それぐらいにするがよい」

本堂の柱の影から人影が現れ、ゆっくりとこちらに歩いてくる。

皆がいっせいに声のあたりを見やると、老僧がにやにやと笑ってこちらを見ている。

まるで腹に木魚《もくぎょ》でも飲んだような布袋腹《ほていばら》で、眉は長く雪のように白い。禅画にでも描かれそうな老僧である。

目黒不動尊貫主生順大僧正であった。

大僧正は、茫然と立ちつくす家光と虎ノ助のところまでつかつかと下りてくると、家光を眉ひとつ動かさずじっと見つめた。

「やはり参られたな」

「あ、いや、それがし、葵徳ノ助と申す」

家光が大僧正に笑顔を向けた。

「はて、いずれにせよ、本堂前で喧嘩はなりませぬぞ」

生順大僧正はそう家光をたしなめると、寺僧に向き直り、

「どうしたのだ」

と問うた。

「こ奴ら、賽銭を盗もうといたしましたゆえ、捕り押さえましたが……」

僧の一人が、家光と生順大僧正を見比べて言った。二人の関係が摑めないらしい。

「ほう、賽銭をな」

生順大僧正が、闇の奥で縮こまっている三人を見つめ淡々と言った。

「して、金を奪われたのか」

「寸前、こちらのご浪人がこ奴らを引っ捕らえて縄を打ちましてございます」

寺僧が、あらためて花田虎ノ助を紹介した。

「ふむ。実害がなければ、ほんの出来心であろう。許してやってはどうか」

「いや、どなたのお知り合いであろうと、盗みは盗みではござりませぬか」

寺僧が、怪訝そうに問いかえした。

「いやいや、ここは御仏の心のまま寛大に処すがよい」

大僧正は僧たちにそう言い含めると、また足元に恐縮してうずくまる三人に向き直り、

「そなたら、この賽銭は仏の御心を伝える寺院の発展に資するもの。二度と賤《いや》しい心を起こすでないぞ。ふたたび同じ不徳をいたすならば、ここの寺僧に腕の一本を切り落とさせる」

厳しい眼差しで説教した。

「へ、へい」

三人は震え上がって、大僧正に幾度も頭を下げた。

生順は、あらためて家光を見やり、

「されば、この三人、貴殿にお預けするといたそう」

にこにこと笑いながら言った。

と、闇の向こう、大きな体を揺すりながら石段を駈け上がって、こちらに向かってくる人影がある。

放駒助五郎であった。

助五郎は、寺僧の間に朱の鮮やかな僧衣に身を包んだ大僧正を認めると、その足下で平身低頭する三人を目ざとく見つけすぐに事態を察すると、

「ご尊主様、花川戸の口入れ屋放駒助五郎と申しまする」

体を揺するようにして大きな声をあげた。

「この者らの素行を憂い、盗みをやめる願を懸けさせようと、ひき連れて参りました。この三人が、またなにかしでかしたようす。深く改心させますゆえ、こたびだけはどうかご容赦お願い申しあげます」

助五郎は荒く息をつきながら、一気にそこまで言い終えると、玉砂利の上であらためて頭を下げた。

生順大僧正は助五郎を見かえすと、

「うう、うむ。そなたはこの者らの……」

「後見役にございます」

また助五郎は玉砂利の上に額を擦りつけた。

「いや、親方、そうではないのだ」

家光が突然声を放った。

「我らは五人、枕が代わって眠れぬので、揃ってこの寺に願懸けに参ったところだ。この三人は、深く心を入れ替え、まっとうな生き方をすると、大僧正の前であらためてここで願を立ててくれた」

「そうじゃった、そうじゃった。助五郎。愚僧もこの心がけに感服し、こ奴らにはたっぷりと法話をきかせていたところだ。そなたも、あまり手荒に説教をせぬようにな」

大僧正はようやくすべて事情を察したらしく、助五郎に得々と説いて聞かせた。

八兵衛ら三人はまた半べそをかきながら、いくども玉砂利に額をこすりつけ、家光、生順大僧正、助五郎のそれぞれに深く頭を下げるのであった。

## 四

「あれほど愉快な思いをしたことは生まれて初めてであったぞ」

三代将軍徳川家光は、江戸城《えどじよう》中奥《なかおく》将軍《しようぐん》御座所《ござしよ》に小姓頭《こしようがしら》の森新吾《もりしんご》を呼び寄せ、しみじみと述懐した。

目黒不動尊大本堂前の深夜の大乱闘があって、十日が経っている。八兵衛、彦次郎、藤次の白波の三人を助け出した家光は、昵懇《じつこん》となったお京や助五郎親方に別れを告げ、愛馬駿河号《あいばするがごう》とともに江戸城にもどった。

将軍の姿が忽然《こつぜん》と消えたその日、城内は一時騒然となったが、将軍側近はすぐに冷静さを取りもどした。

思いおこせば、家光の忍び歩きは一度や二度のことではない。

——いずれ、夜半にはおもどりになられよう、

こう思えたのである。

だが、とうとう夜が明けても家光はもどって来ない。城内は、ふたたび騒然となった。

翌朝、なに食わぬ顔で家光が帰城すると、ようやく安堵した幕閣《ばつかく》が、入れ代わり立ち代わり、忠言を名目とした小言《こごと》のために御座所に現れた。

家光は、にがりきって数日を過ごした。

ようやく騒ぎがおさまって、目黒での一日を回想する余裕が家光に生まれたのは、

ほんの数日前のことである。

小姓頭の新吾は、家光の語るさんまの旨さにはさして興味はなかったが、話が白波どもの生活におよぶと、眦《まなじり》ひとつ動かさず話に聞き入った。

日頃はいたって無口な男で、家光は黙々と命《めい》に従う退屈な男と見ていたが、

(こ奴にも熱い血が流れておったか……)

と、思い知らされた。家光の話に、嬉々として反応するのである。

「それにしましても、その五右衛門の曾孫ども、天下の銘器《めいき》曜変天目を盗まんとした大泥棒が曾祖父とは、ずいぶんとすることがちがいまするな」

新吾は、真顔で論評を加える。

「人には、生まれもった器《うつわ》というものがあるようだな。あ奴らは生来器が小さいのであろう。だがそれだけに、いたく愛嬌があった」

家光は苦笑いをして、脇息《きょうそく》に半身をあずけた。

(それにしても……)

家光は、ふといまだに腑に落ちない疑問点に想いをめぐらせた。

花田虎ノ助は、本堂前でなにゆえあれほど空とぼけ、またムキになって家光に食ってかかってきたのか。今にして思えば、誰かに命ぜられ、家光を懲らしめに来たかの

ようであった。

(そういえばあの男、ある人物の警護をして目黒までやってきたと申していた)

ふと、家光に思い当たることがある。それは自分のことであったように思えるのである。

また、生順大僧正は家光の出現にさして驚くようすもなく、やはり参られたかと言っていた。家光が目黒に向かうことを誰かに知らされていたかのようである。

それを新吾に語ると、

「やはり、それは妙でござりますな」

その点は不自然に思えるようで、進吾はなにか言いたげに口籠もった。

「遠慮はいらぬ。言うてみよ」

家光は、新吾を促した。

「されば、これは上様へのお諫《いさ》めではござりませぬか」

声を潜めて言った。

「はて誰の諫めじゃ」

「上様にそこまでのご進言ができるお方と申さば、おばばさま、おじじさま以外にございますまい」

おばばさまとは、家光の乳母《うば》春日局《かすがのつぼね》、おじじさまとは天海大僧正である。

「ありうるな」

家光は吐息をついた。

「たしかに余など、飾りものにすぎぬ。この国を動かしてきたのは幕閣やおばばさま、大僧正だ」

春日局は大奥の主と影口をたたく者もあるが、家光を幼少期から陰ながらよく支えてくれており、今や朝廷から女ながらに従五位の位を給《たまわ》っている。

天海大僧正は一部で黒衣の宰相と恐れられながら、家康、秀忠《ひでただ》、家光と三代にわたって徳川家を裏から支えてきた。

「たとえそうでございましょうとも、上様は王将。無くてはならぬ大切な駒にございます」

「その物言《ものい》い、ちと言い過ぎではないか」

「これは、あいすみませぬ」

新吾は、口が滑ったとあわてて平伏した。

と、正面の襖の向こうに人の気配があり、小姓が老中松平《まつだいら》伊豆守《いずのかみ》信綱《のぶつな》の名を告げ、さらに春日局、天海大僧正も目どおりを求めている旨を告げた。

家光は静かに応じると、森新吾を迎えに立たせた。

やがて、正面の狩野派《かのうは》の大胆な襖絵《ふすまえ》が大きく左右に開くと、老中首座松平信綱につづいて、腰の曲がった春日局と南海坊天海が伊豆守に先導され、ゆっくりとした足どりで入室してきた。

家光は、すぐに上座を下り、うやうやしく三人を出迎えた。

春日局、天海が並んで座し、その背後に伊豆守が控える。

「今日は、ことのほかご機嫌うるわしうございます」

春日局が、家光におだやかな笑みを浮かべて語りかけた。

「おばばさまこそ」

「いやいや、おばばはもう歳じゃ。竹千代君《たけちよぎみ》に吸うてもらった乳もしおれて、干し柿のようになってしまいましたぞ」

「お戯《たわむ》れを」

すでに齢六十《よわいろくじゆう》を越えた春日局だが、家光にとってはいまだに母以上にかけがえのない存在である。

家光の両親徳川秀忠、お江《ごう》の方が、竹千代（家光）をないがしろにし、弟国松《くにまつ》（徳川忠長《ただなが》）ばかりを溺愛するのを見て、自害を決意するほど落胆した竹千代を励まし、駿府《すんぷ》にあった大御所徳川家康に竹千代の世継ぎを直訴《じきそ》したこともあった。

また、家光が疱瘡《ほうそう》に罹った折など、茶断ちをし、寝ずの看病をしてその回復を願った。

「おばばさまはあの夜、上様をご案じになり、ご帰還まで一睡もなされなかったと聞いております。それゆえ、お風邪を召したそうにございます」

松平伊豆守が、背後から小声で言葉を添えた。

「あい済まぬことをした。だが、おばばさまもあまりご心配なされぬよう。私も、政務を行うに際し、民の暮らしや思うところを知っておかねばなりませぬ」

「さようでございますな。ばばは、竹千代さまを今でも子供のように見ておるのやもしれませぬ」

春日局は手の甲を甲で擦りながら、ぽつりぽつりと言った。家光が将軍位を継承した後は、表立って忠言を告げることはない。

「あの夜、私は花田虎ノ助なる武芸者と出会いました。おばばさまは、あの者を諫め役としてお付けになったのではござりませぬか」

「はて、そのような者、存じあげませぬな」

局は上目づかいに家光を見て、ふっと視線をそらせた。その背後で知恵伊豆《ちえいず》の異名をとる松平伊豆守信綱が咳払いをしている。

(さればこそ、余はおばばの呪縛《じゅばく》から抜け出せぬのだ……)

家光は、ふと吐息して隣の天海に目を向けた。

春日局がおばばさまならば、さしずめ天海大僧正はおじじさまである。

天台宗の高僧で、諡号《しごう》は慈眼大師《じげんだいし》。家光の祖父徳川家康の側近として開闢期《かいびゃくき》の江戸幕府を裏から支え、朝廷政策、宗教政策に深く関わったが、その後も二代将軍秀忠、三代家光に仕えて、あたかも宰相《さいしょう》のように政治向きの助言をつづけている。

家光はある日の天海の進言を今でも憶えている。

家光が天海に柿を土産に与えたところ、

——持って帰って植えます。

と言う。

——百歳になろうという年寄が無駄なこと。

と家光がからかうと、

「天下を治めんとする者が、そうした性急さではいけませぬぞ」

と天海に諭された。

数年後、家光に天海から柿が献上された。家光が不思議がり、

「この柿は」

と問うと、先年拝領いたしました柿が実をつけました。

と、応えたという。

そもそも目黒不動尊は、天海の勧めで家光が上野の寛永寺《かんえいじ》の子院護国寺《ごこくじ》の末寺として目黒の地に招いたものであった。

天海がおばばとともに、花田虎ノ助やあの折の生順大僧正の対応に深く関わっていてなんら不思議はない。

家光は、一度ならず天海に目黒で食べたさんまが実に旨かった、いま一度食べてみたい、と伝えていたからである。

「御坊にも、心配をかけたな」

家光はニヤリと笑って、

「いや、さして……」

天海も、とぼけて宙を睨んでいる。家光は二人を交互に見て、

「御両人には、余のため、また天下のため、いろいろご配慮いただいたようだ。深く感謝しております」

それぞれを見比べ礼を述べると、

「まことにありがたきお言葉――」

天海は、歯の抜けた口元をもぐもぐさせながら、その重い瞼の奥の双眸を見開き、平伏した。

おばばも、並んで平伏する。

「いやいや、竹千代さまもいちだんと大きうなられました。もはや隠し事などできませぬな」

天海は、ほとんど瞼に埋もれかけた瞼を開いて家光を正視した。黒衣の宰相の異名をとる怪僧だけに、さすがに開いた双眸《そうぼう》の眼力は凄い。

「まことにありがたいこと。じじさまにはさらに長生きしていただき、これからも余のよき助言者であっていただきたい」

家光は、立ち上がり天海の枯れた手を握りしめていくどもうなずいた。

「愚僧、その覚悟を忘れたことはござりませぬぞ」

天海大僧正は、わなわなと頬を振るわせて平伏した。

「それはそうと、御坊。それにおばばさま。余は、こたびの微行《びこう》でいろいろ気づかされることがあった」

家光は、背筋を伸ばして居住まいを正すと、二人を見かえした。

「それはなんでございましょうな」

　春日局が丸い背を引きのばし、家光を正視した。

「将軍たる者、天下万民のことをさらに知らねばならぬ。その暮らしぶりをつぶさに知り、日々なにを喜び、なにを悲しみ、なにを求め、なにを嫌っているのか知っておかねばならぬ、とあらためて思った。いや、そうしたものを知らずして、統治者の資格はないとさえ思う。いつまでもおばばや御坊の、また伊豆守ら有能な幕閣に頼ってばかりいては、よき治政者には成れぬ」

「ごもっともなお言葉。しかしながら……」

　ずっと三人の遣り取りを聞いていた松平信綱が、膝を擦って前に出た。

「そちの申し状、言わずともわかっておる」

「されど、申し上げねばなりませぬ。世の仕組みはますます複雑となり、将軍お一人の裁量で天下を動かす時代はもはや過ぎようとしております。今は、幕閣が議論を尽くし、合議によって政策を決めていくことこそ肝要」

　信綱は白扇を家光の前に立て、前屈みになって説いた。

「だが、論議ばかりでは政《まつりごと》はすすまぬ。主導する者こそが大切。天下人たる余はあまりに世間を知らなすぎた。さらに見聞を広めるため、しばらくの間、時折町に出てみることにしたぞ」

「そのようなこと」

家光の口を突いて唐突に出た言葉に、春日局が困惑して天海と顔を見合わせた。

「なに、だからといって、あの夜のような身勝手な振る舞いはいたさぬ。心配をかけぬよう、居場所は皆に告げておく。これよりしばらくは、浅草花川戸の口入れ屋〈放駒〉の家に居候《いそうろう》となることにしたい」

「口入れ屋〈放駒〉……?」

春日局が、あきれ果てたか、あんぐりと口を開けた。

「うむ。ぜひ訪ねてほしいと言われておる。歓迎してくれよう」

「しかし、そのようなところでは、とても十分な警備ができませぬ」

松平伊豆守が険しい表情で言った。

「なんの。余は柳生新陰流を修め、小野派一刀流、槍術《そうじゅつ》、柔術なども極めておる。武術においては誰にもひけをとらぬ。こたびも武芸百般に通じる花田虎ノ助とよい勝負であった。危ないと思えば、さらに警護役をつければよい。決めたぞ」

家光は突き放すように言うと、さすがに信綱も口をもごつかせるばかりでかえす言葉がない。

「はて、さて」

天海が、あらためて僧衣を翻《ひるがえ》し家光に向きなおった。

「これは、竹千代さまのご幼少のみぎりよりの御病気。こうと決められたら、断固譲らぬご気性はお変わりになられませせぬな。されば、警護の者は厳選せねばなりませぬ。それと、たびたび身辺のご報告を伊豆守になされますように」

「あいわかった」

家光は天海を説き伏せて、にやりと笑った。

「また、世間を十分にご覧になったなら、そのような危険なこと、すぐにおやめくだされませ。竹千代様は、天下の政を預かる御身。そのことくれぐれもご自覚くだされませ」

春日局が、半ばあきらめたように言った。

「むろんだ、約束しよう。これより後、余は貧乏旗本葵徳ノ助とあい成る。伊豆、さっそくふさわしい身支度を用意いたせ」

家光が命ずると、伊豆守は小さく口を歪めて主を見かえすと、

「ただ今――」

固い表情のまま、渋々頭を垂れるのであった。

# 第二章　一心太助

## 一

（花川戸などと、妙な名をつけたものだ）

陽光にきらめく隅田川《すみだがわ》のゆるやかな流れに沿って、家光の眼前におおらかな光景が広がっている。川面を渡る草の香を含んだ風を胸いっぱいに吸いこんで、家光はゆったり歩きだした。

土手に沿って植えられている木は桜らしい。

（春ともなれば、このあたり、さぞや見事な桜並木となろうな）

家光の知るかぎり、川や海にちなんだところには〈戸〉のつく地名が多い。ざっと思いつくだけでも、水戸《みと》、平戸《ひらと》、今戸《いまど》など。

ここ花川戸も桜の名所なので、花と川にちなんだ名がつけられたにちがいない。

ぼんやりと景色に見惚れていた家光は、また眩《まぶ》しそうに川面を見て歩きだした。

「上様、あのあたりは旅人に食を供して、その首を落とす老婆がおったと聞いておりまする。観音菩薩《かんのんぼさつ》のバチがあたり、老婆は地獄に落ちたと申します。また、若い娘ばかりを犯す、おじじのおる老ヶ池なるところもござりまする」

花川戸の助五郎のところに居候になると告げると、皮肉屋で口の悪い知恵伊豆こと松平信綱は、しきりに家光を脅かして思いとどまらせようとした。

(あ奴め、脅かしおって……)

ところが、見ると聞くとではおおちがいである。

通りを西に折れて四、五丁すすむと、表長屋《おもてながや》の立ち並ぶ大通りに出る。

川面の光がまだこのあたりにまで届いているのだろう、通りに面した店々はどこもみな光を含んで明るい。

(はて、口入れ屋〈放駒〉はこのあたりと聞いたが……)

ぐるりと見まわすと、隅田川の川縁からほんの半丁ほど西に入ったところで、くだんの口入れ屋はすぐに見つかった。

通りの交差する角店で、南側と西側に大きく間口《まぐち》を開け、丸に「駒」を染めぬいた紺地の大暖簾《のれん》が、穏やかな風にはためいている。思いのほか堂々たる大店《おおだな》である。

「ほう、あの連中はこんなところに住んでおったのか……」

家光は、なんとなくうきうきした。

あの夜、三人の舎弟《しゃてい》と取っ組みあいをし、酔い潰れると兜虫《かぶとむし》のようにひっくりかえってそのまま寝入ってしまった助五郎の屈託《くったく》のない人柄が思い出された。

にやりとほくそ笑んで店の敷居をまたぐと、店のなかは外の光に慣れた家光の目にひどく暗い。ようやく目が慣れてくると、店のようすがしだいにはっきり見えてきた。

職を求める浪人者が訪れていて、背をこちらに向け番頭と台帳をめくりながら話し合っているところであった。

「あっ」

家光は、その男がふとこちらに横顔を向けたとき、見おぼえのある面貌に思わず声をあげた。目黒不動で取っ組み合いの喧嘩をした花田虎ノ助である。

見まごうはずもない。碁盤《ごばん》のような角顔に大きな獅子鼻《ししばな》、伸び放題の鬚《あごひげ》は虎ノ助以外にありえなかった。

(さてはまた、おばばが……)

てっきり春日局に命ぜられ、警護役としてやって来たものと家光が顔を背けると、

「おい、徳ノ助ではないか」

虎ノ助はすぐに気づいて、屈託のない大声を張りあげた。

「なにをしに来た」

「他意はない。放駒が口入れ屋と聞いたので、仕事を斡旋《あっせん》してもらいに来たのだ」

「勝手にせい」

家光が顔を背けると、ほとんど同時に二階で落雷のような音が轟《とどろ》いた。

店全体が、苦しげにきしみを立てているようである。

なにやら、二階で人が争っているらしい。しかも途方もない巨人の争いのようであった。

だが、番頭は驚いたようすもなく、

「いつものことでございますよ。親方と息子さんです」

さりげなく二人に告げた。

どうやら、助五郎には大きな息子がいるらしい。

「それよりお武家さま。なにかお仕事でもお探しで」

帳場とは反対側の店の隅で、突然女の声があった。

見かえせば、三十半ばらしい年増《としま》女が、こちらに顔を向け、愛想のよい笑みを浮かべている。

店の女将《おかみ》らしい。首を傾《かし》げてこちらをうかがう姿は、いかにも小粋な江戸前女である。

毘沙門《びしゃもん》亀甲《きっこう》柄の小袖から鴇色《ときいろ》の半襟をのぞかせ、上手に着こなしている。色は浅黒いが小顔で、男まさりの濃い眉、目元もくっきりとして、女ながらになかなかの押し出しである。

「放駒助五郎さんはご在宅か」

「はい、おりますが……」

そう言って、女将は困ったように天井を見上げた。

「お取り込み中か。されば、目黒不動に願を懸けにいった三人、名はなんと申したか……」

「八兵衛でございましょうか、それとも彦次郎、藤次で？」

「誰でもいい。葵徳ノ助が来たと伝えてくださらぬかな」

家光が、軽く頭を下げると、

「ああ……」

にわかに親しげな眼差しを向け、女将は家光に小腰を屈めた。

「助五郎の家内で、角《すみ》と申します。あの折は、三人をお助けいただきまことにありがとうございました。三人ともすっかり更生し、今は正業に就《つ》いています」

「ほう、それはよかった。して、どのようなお仕事かな」

「じつは、三人とも香具師《やし》をしております」

香具師とは、膏薬《こうやく》売りや飴売り、手妻《てづま》やコマ回しなどの露天商人や大道芸の男たちである。

「八兵衛は暦《こよみ》と占いを、彦次郎は虫を売っております」

「虫を……」

世の中には、妙な稼業があるものである。

「鈴虫でございます。藤次は、辻医者でございます」

「辻医者ですか」

屋台で診療する医師など、家光はこれまで聞いたこともない。

「虫歯を抜く商売です」

「それは、ちと痛そうだな」

家光は、苦笑いして顎を押さえた。

「それが藤次に抜いてもらうと、不思議に痛くないと評判なのでございますよ」

女将は、冗談めかして言うが、どうやらそれほど出鱈目《でたらめ》でもないらしい。

「あいにく三人は、今は湯島の西教寺《さいきょうじ》の祭礼に出ております。ま、とにかく、お上がりくださいませ」

お角は、小腰を屈めて振りかえり振りかえり家光を奥に誘った。

長廊下をすすむと、二階の雷鳴もようやく収まったようである。

お角は家光を十畳ほどの客間に通すと、大判の座布団を勧めて長火鉢の前に座らせ、番茶と茶菓子を盆に載せてまた現れた。

「お内儀、じつはお願いがあってうかがった」

「まあ、なんでございましょう」

お角は家光の膝元に茶と菓子をすすめてにこりと笑った。

「正直申し上げる。じつはお宅の居候になりたいのです」

「まあ……」

お角は唐突な家光の申し出に、なんと応えていいかわからず、困惑しているようすである。

「ご亭主殿に、いつでも遊びに来てくれ、とお誘いを受けましてな。それなら、しばらく用心棒にでもなって働かせてもらおうと思ったわけです。荒くれ者相手の商売、なにかと揉め事も多かろう。上手に捌《さば》いてさしあげる」

「たしかに、葵様は武芸百般に通じた豪傑《ごうけつ》と聞いておりますが……」

「なに、お手当など無用。家に置いていただければ十分です。むしろ、こちらから礼を差しあげたいくらいだ」

「うちは、旗本奴にたびたび嫌がらせを受けております。しかし、こればかりは助五郎に訊いてみませんと」

「さようであろうな」

家光はひとまず、安堵した。助五郎は断るまいと踏んでいる。

「それにしても、大身のお旗本が、またなんで酔狂《すいきょう》にこのようなむさ苦しいところに居候なさろうなんて。それに相手の旗本奴は葵さまと同じお旗本でございますよ」

お角が家光に念を押していると、どかどかと階段に大きな足音があって、人が降りてくる気配があった。現れたのは助五郎と仏頂面《ぶっちょうづら》の助五郎をそっくり小型にしたような十五、六の若者である。助五郎の伜《せがれ》らしい。

「あっ、徳さん」

助五郎は懐かしそうに家光を見かえしたが、なぜか表情を固くした。

家光はすぐに事情を察知した。どうやら、城から前もって放駒に連絡が入っているらしい。

（また伊豆守め、余計なことを……）

家光は軽く舌打ちした。

「おい、小四郎《こしろう》、ご挨拶しろ」

助五郎が怒ったように伜に言うと、若者がぺこりと頭を下げた。まるで下にもおかぬ丁重な言葉づかいである。

お角は、助五郎の変わりように目を白黒させている。

「じつはな、居候になりたくて邪魔をした」

それなら話が早いと、率直に助五郎に頼みこむと、

「むろんのことで」

助五郎は、平伏して頭を上げない。

「そうかしこまらずとも。私は葵徳ノ助。これまでどおり徳さんでいきましょう」

「ああ、そうだった、そうだった」

助五郎は、苦笑いしながら言葉をあらためた。

「あんた、徳ノ助さんはね、これからこの家の用心棒になってくださるっておっしゃ

るんだよ」

まだ状況が飲みこめないお角が、助五郎をうかがった。

「用心棒かい。そりゃ、うちは大助かりだ。こうした商売ではね、荒っぽい連中もたくさんやってくる。頼りになりますよ、徳さん」

「そうだね。そうだね」

お角は、徳ノ助が気に入ったらしく、助五郎の快諾を受けてうなずいてみせた。

放駒助五郎から詳しく話を聞いてみると、口入れ屋という商売、普請《ふしん》現場の人足や臨時雇いの奉公人など、荒っぽい男相手の商売だけに、任侠世界とは切ってもきれないところがあり、〈放駒〉は町衆には町奴《まちやっこ》とみなされているという。

江戸の口入れ屋稼業については、家光もひととおり調べてきている。

いわゆる人材斡旋を生業《なりわい》にする職業で、地方から江戸に流れてきて身分の不確かな者の保証人となり、仕事を斡旋、稼ぎの一部を代わりに徴収して糧《かて》としているという。

なかには、人さらいや人買いなどを行うなど、悪徳業者も多いらしい。

任侠についての知識も、家光はある程度もっている。春日局が聞けば、目を剝くような話の成り行きに、家光は内心苦笑いした。

浪人者や侠客が中心の町奴と、旗本の次男坊ら泰平の世の暴れん坊で構成される旗本奴の間では、町の縄張りをめぐって争いが絶えないことを家光は聞いている。

助五郎の女房のお角は、正真正銘町奴の白神権兵衛の妹だそうで、なるほど男顔負けの気風《きっぷ》も無理からぬところと、家光は感心した。

「ならば、時には旗本奴と争うこともあるのですな」

「そりゃ、まあ」

助五郎も否定しない。

「徳さん、あんたが来れば百人力というところだが……」

助五郎はお角が台所に去った後、そう前置きして、

「ご老中松平信綱様の御用人がいらして、大変なことを聞いちまった。徳さんが将軍家光様なんだそうだ。こうして話をしている今でも、信じられねえよ。だが、あんたが将軍様なら、とんでもねえ。旗本奴との出入りだなんて、そんな危ないことはさせられねえ。用心棒だなんて冗談にして、まあ黙って見ていておくんなせえ」

そうは言うものの、さして迷惑顔でもないところをみると、将軍家光が味方となればこれほど心強いことはない、と助五郎なりに計算しているのかもしれなかった。

家光にあてがわれた部屋は、連子格子《れんじごうし》の窓から表通りが見下ろせる二階の一室で、

窓辺に腰を下ろして外を眺めると、ひとつ市井《しせい》に飛び出してきた思いがつよい。

半刻ほど、人や荷車の動きをぼんやり見ていたが、家光はそれも飽きるとふらり外に出て、裏の長屋に住むというお京を訪ねてみることにした。

お京はすっかり白波から足を洗い、得意の三味線で身を立てているという。

その長屋は、〈放駒〉のわずか数軒先の木戸を潜った路地裏にあり、文字どおり九《く》尺二間《しゃくにけん》の裏長屋住まいだそうである。

(お京にしては、ずいぶん地道な暮らしぶりだな)

家光は、話を聞いて長屋の暮らしに興味をもった。

実際に裏長屋に足を踏み入れてみると、むろんそのようなところに出入りするのは初めてで、狭く入り組んでいて道に迷いそうである。

どぶ板を踏みしめてさらに奥にすすむと、小さな内庭に出た。庭の片隅に赤い鳥居《とりい》の稲荷《いなり》と旗が見える。

中央に木づくりの四角い井戸があった。江戸っ子が「水道の水で産湯《うぶゆ》をつかった」と自慢にする神田上水《かんだじょうすい》の留め井戸である。家光はそこで立ち止まり、お角に描いてもらった絵図を広げた。

すると、大小の木刀を腰に差した五つ六つの悪童が三人、家光を怪訝そうに覗って

通り過ぎていく。それを呼びとめて、

「坊主、お京さんの家を知らないか」

気軽に声をかけると、悪童らは、

「あっちだ」

と揃って元気よく指を差した。

その家は長屋の棟の隅の四角く切ったごみ溜めのすぐ脇で、玄関脇に小さな糸瓜《へちま》の棚がつくってあり、よく実った青い実をつけていた。

腰高障子《こしだかしょうじ》の軒先には、

——三味線《しゃみせん》教えます。

と、真新しい看板が掲げてある。

「ほう、しっかりやっておるな」

家光は、ふむとうなずいて玄関の前に立つと、

「お京はいるか」

声をあげた。

「どなた……?」

奥から返事がある。

「私だ――」

腰高障子を小さく開けてみると、お京が立ち上がり、こちらをうかがっているのが見えた。さらに障子を大きく開くと、

「まあ、徳ノ助さん」

お京は驚いて家光を見かえし、若い娘のように浮き足立って玄関に下りてきた。

「いったい、どうしたんです。こんなところに」

「ちょっとな」

「まあ」

お京は、ちょっと恥ずかしそうにうつむいてから、

「とにかく、お上がりな、さあ」

家光の手を引いた。

「落ちついた暮らしぶりだな」

刀の下げ緒を解いて、長火鉢の前に腰を下ろすと、

「こんな裏長屋に、まあ、よくいらっしゃいました」

お京は、そう言ってじっと家光を見つめた。

予期していなかっただけに、お京はまだ気が高ぶっているらしい。

「このようすでは、ほんとうに白波稼業からは足を洗ったようだな」

家光は、ぐるりと部屋を見まわした。

壁に愛用の三味線が二棹《さお》吊るしてある。

「もう、すっかり。まだお弟子さんは数えるほどしかいないんだけど、それでも一人前の三味線のお師匠さん。なんとか食べていってますよ」

「うむ」

たしかに部屋は手狭だがよく片づいており、小綺麗な家財道具が並んでいる。ここに弟子を導き入れて、三味線の稽古をするらしい。

「気まぐれなたちでな。急に訪ねた」

「なにをおっしゃいます。徳さんに来てもらえるなんて、なんだか夢のよう」

お京は、鶯色のぶ厚い座布団を家光に勧めた。

「あの三人も、堅気《かたぎ》になって香具師を始めたそうだな。藤次が歯医者とは驚いたよ」

「この間なんぞ、ちがう歯を抜いちまったんですよ。怒った客に追いかけまわされてました」

「おい、おい、それは酷いな」

からからと笑うと、お京は、

「いちばんまっとうなのは、あたしかも。八兵衛の暦占いだって、いいかげんなもんだから」

ちょっと自慢げに、お京は言った。

「いちど、聞かせてもらいたいものだな」

家光は三味を弾くまねをした。

「徳さんも、音曲《おんぎょく》をするのかい」

「笛を、ちょっとやったことがある」

「まあ。なんだか、お公家《くげ》さんみたい」

お京は立ち上がって茶の支度を始めた。やがて、

「粗茶ですが」

しおらしいことを言って、盆に載せてきた茶を家光の膝先にすすめた。

水屋から菓子も出してくる。お弟子さんにもらったものだそうで、蒸《む》し饅頭《まんじゆう》という。

城中膳所の用意する上菓子とはちがっていささか大味だが、なかなか素朴でそれなりに口に馴染む。

「徳さん、家出すると意気ごんでたけど、けっきょくお屋敷にもどったのね」

「だが、また逃げてきた。これからは、しばらく〈放駒〉の厄介になる」

「ほんとう……？」

お京は、驚いた顔で家光を見かえし、

「まあ、嬉しい……」

目を輝かせて家光に駈けより、背中から抱きついてきた。

「今日は、帰さないから」

「よせ、よせ。家出人に惚れたって、苦労するだけだ。おれにはまるで甲斐性がない」

「いいんだよ。あたしゃ、本気で徳さんに惚れちまったんだ。初めのうちは、お金持ちだから、いい鴨にしてやろうなんて思ってたけど、今じゃ養ってあげてもいいと思ってるよ」

「三味線のお師匠さんに食わせてもらうのか。こんなおれの、どこがいい」

「さあね。悪ぶって無頼漢を気どっているけど、ほんとうは心やさしくて力もち、男ぶりも並じゃないよ」

お京は家光の胸に縋りついて、とろけるような目で家光を見上げた。

「なんだか、足柄山《あしがらやま》の金太郎みたいだな」

家光は、蒸し饅頭をまたぱくりと頬ばった。饅頭の味が妙に馴染んでくる。

「そう、徳さんは、あたしの金太郎……」

「話半分でもうれしい」

「ねえ、なら徳さんにとって、あたしはどんな女？」

「お京か。そうだな。目黒で出会ったさんまだ」

「まあ、さんまなんて」

「さんまでは嫌か？」

「まあ、いいさ。徳さんの好物なんだからね。それより、さんまと言えば今朝買ったのがあるから、焼いてあげようか」

「それはありがだい」

「その間、一杯やっているといいよ」

お京はかいがいしく立ち上がって、水屋にしまっていた徳利を取ってくると、長火鉢で燗《かん》をつけはじめた。

家光も、ぶらり表に出てみる。物干しには所狭しと洗濯物が吊るされて、風に泳いでいる。家光には、見たこともない異世界である。

（これが民の生活か……）

思えば、感慨深い。

お京は土間にあった七輪《しちりん》を玄関先に持ち出すと、近所で火をもらってきてバタバタと熾《おこ》しはじめた。

「お京さん、早いね。もう夕飯の支度かい」

近所のおかみさんが、声をかけていく。

ちらと家光の姿をみとめて、

「あら、いやだ。お京さん。いい男《ひと》、来てるんじゃないの」

「魚の好きな人でね。さんまが食べたいって言うんだよ」

お京が、のろけるように言った。

「じゃぁ、あたしんちの魚も食べてもらいなよ」

「いいんですか」

お京は、嬉しそうに応じた。

「徳さん。お隣のおたえさんが魚を分けてくださるって」

部屋にもどった家光に、お京が外から大きな声をかけた。

(人は、変わるものだ……)

家光は、お京の変貌ぶりに目を瞠《みは》る思いであった。

もはや白波のお京の面影など微塵《みじん》もなく、すっかり長屋住まいの三味線のお師匠さんにおさまっている。

さんまに鯖《さば》、こはだ、イカ、蜆汁《しじみじる》と、家光が長屋の衆に分けてもらった魚貝で舌鼓を打ち、熱燗の酒を盃にかたむけていると、

「お京さんはいるかい？」

表に威勢のいい若い男の声がして、玄関がガラリと開いた。

見れば、手拭いをくるくると巻いてねじり鉢巻きにして、丸に太の字の半纏《はんてん》を着こんだ威勢のいい若者である。

「おっと、お客さんかい。いい匂いがしてくるんで覗いちまったよ」

男が、遠慮して腰高障子を閉めようとするのを、

「いいんだよ。太助《たすけ》さん。ちょうどいい。紹介したいお人がいるんだよ。お上がりよ」

お京は、若者を手招きしてなかに入れた。

太助と呼ばれた若者は晒《さらし》に半纏の軽装で、威風堂々たるたたずまいの家光に気がねし、土間の片隅でペコリと頭を下げた。

「徳さん、この人は棒手振《ぼてふ》りの魚屋さんで、一心《いっしん》太助さんというんだよ」

「よしなに頼みます」

家光は、笑顔で男に語りかけた。

「それにしても、一心太助とは変わった名だな」

「ごらんのとおり、男気のある人でね。曲がったことが大嫌い。弱きを助け、強きをくじく。その心意気で、一心とつけたそうですよ」

「まあそんなところだけど、お京さん、あまりおだてられると、どうもくすぐったいぜ」

太助は、しきりに照れて後ろ首を撫でた。

「太助さん、こちらは葵徳ノ助さん。旗本の次男坊なのに、酔狂なお人でね。こんど〈放駒〉の用心棒にお成りだよ」

「へえ、旗本の次男坊が町奴の用心棒かい？」

太助が、首を捻って家光を見かえした。

「奇妙な人だろ。あんた、挨拶代わりに自慢の入れ墨でも見せてさしあげなよ」

「そんな。見せるほどの代物《しろもの》じゃねえさ」

太助はちょっとはにかんでから、

「しかたねえ。他ならねえお京姐さんの頼みだ。それに減るもんじゃねえしな」

ぐっと体をかしげて肩を落とし、一気に片腕をまくった。

肩から二の腕まで、彫り物が鮮やかに彫りこまれている。

一心如鏡、一心白道、と刻まれている。

「いっしんにょきょう、いっしんびゃくどう、と読みやす。白道は極楽浄土《ごくらくじょうど》への道だそうで」

お京の話では、太助はもとは百姓だったが、領主の大久保彦左衛門に意見したのが気に入られ、大久保家に奉公に入ったという。

ある日、屋敷の腰元お仲《なか》が皿を割り、彦左衛門が激怒して刀に手を掛けた時、太助が残りの皿をぜんぶ割って彦左衛門を説教すると、彦左衛門は大いに気に入り、子分格としたという。

太助は彦左衛門の仲人《なこうど》でお仲と祝言《しゅうげん》をあげ、今はお仲の実家の魚屋を継いで棒手振り稼業に精を出しているという。

「太助さん、徳さんは大の魚好きでね。だから、あんたに紹介してあげたかったのさ。今後、ご贔屓《ひいき》にしてくださるよ。ちょうどこれから、徳さんを歓迎して魚をたっぷり使った鍋料理をこさえてあげようと思っていたところさ。余りものでもあったら、安く分けておくれな」

「ああ、いいとも。〈放駒〉んとこの用心棒なら、身内も同然だ。どうせ残りもんだ。ただでいいぜ」

「あいかわらず、気前がいいんだねえ。でも、そりゃいけないよ。半値にしてもらうよ」

「そうかい。ありがてえ。それで、魚はいったい誰が捌《さば》くんだ。お京さんかい？」

「そりゃ、あたしがやるつもりだったけど」

お京がポンと胸をたたいた。

「危ねえ。危ねえ。けっこう捌くのが難しい魚もある。三味線が弾けなくなっちゃまずいだろう。おれがやってやるよ」

太助は外に飛び出すと、手桶にあれこれ魚を入れてもどってくると、土間の流しのまな板できびきびと魚を捌いていった。

「よしきた、じゃ、あたしも支度をするよ」

お京が、かまどに火を熾しはじめた。

「それにしても、大変だね、太助さん」

お京が頬を膨らませて火吹き竹で風を送りながら、太助に声をかけた。

「なんだよ、お京さん、藪《やぶ》から棒に」

「近頃、ずいぶんと売れ残るんだね」

「商売 仇《がたき》が現れてな」

太助が、妙にしんみりして声を落とした。

「商売仇だって？」

お京が、手を休めて太助を見かえした。

「おれの縄張りで、先まわりして魚を売る奴がいるんだ」

「そりゃひどいね。どんな奴なんだい」

「お客さんに訊いたところ、なんでもよく陽に焼けて侍みてえな厳めしい顔の野郎だそうだ。薄気味悪いんだけど、おれの半値で売るから、つい買ってしまうって謝ってた」

「半値でかい。それでよく商いが成り立つねえ」

「それが、どこかで特別安く仕入れてるらしい」

「そんなことができるのかい？」

「ああ」

魚を捌いて大皿に載せると、太助はそれを鍋の支度をするお京に手渡した。

「徳さんも、聞いてくれるかい」

太助は、家光の前に胡座《あぐら》を組んで座りこむと、苦々《にがにが》しそうに魚河岸《うおがし》の事情を語りはじめた。

太助によれば、魚河岸は今二つに割れているという。

これまで手広く米問屋をしていたという波越伝兵衛《なみこしでんべえ》という大商人が魚河岸に割りこんでくると、魚問屋の株を集めるわ、土地を買い漁《あさ》るわで、着々と魚河岸を独占しはじめたという。

「おれがいつも仕入れる相模屋《さがみや》さんなんぞ、今じゃ、ずいぶんと押され気味だ」

「強引なのだな、その男は」

家光は、話を聞いて顔を歪めた。

「興味を持ってもらえるんなら、魚河岸の話、初めからさせてもらうよ。聞いてくだせえ」

太助はそう言って、事情がわからない家光のために、そもそもの魚河岸の成り立ちから語りはじめた。

魚河岸はその草創期、摂津《せっつ》の佃島《つくだじま》から江戸に移り住んだ漁師森九右衛門《もりくえもん》らの手によって城下道三堀《どうさんぼり》に開かれたという。

捕れた魚は、その頃はまだ町民にはまわらず、すべて江戸城に上納するものだったという。東照権現《とうしょうごんげん》徳川家康との約定《やくじょう》で、江戸湾周辺の漁業権を与える代わりに、獲《と》れた魚を上納する取り決めができていたわけであった。

だが、江戸の町がしだいに整備され、町下を拡張しなければならなくなると、道三堀の小規模な魚河岸は日本橋に移転を強いられる。

太助の話では、ちょうどその頃の記録に、魚河岸の魚問屋は家光誕生の御祝儀魚を仰せつかったことが記されており、そこに森九右衛門等七名の森一族の名が記されているという。

もちろんそこに記された森一族は、いずれも摂津佃島の漁民である。

魚問屋はもともとが漁民であるため、産地の魚を持ってきて売る旧来の形態で、経営規模はさほど大きいものではなかったらしい。

だが、江戸がさらに発展し、魚の需要が急拡大してくると、人手の足りなくなった森一族は、縁者を摂津から呼び寄せる。またそれに合わせて、畿内の魚問屋が続々江戸に乗りこんでくるようになったという。

ところが、こうした魚河岸の事情もこのところ急変しはじめているという。その担い手が、元米問屋の波越伝兵衛なのであった。

「邪魔をする」

玄関に、野太い男の声があった。

つづいて腰高障子ががらりと開き、いきなりいかめしい鬚面《ひげづら》の男が家のなかを覗いた。

花田虎ノ助である。

「あっ、あいつだ」

白波の弟分三人を思いきり投げ飛ばされているだけに、お京は虎ノ助をひどく嫌っている。

「隣に越してきた。賑やかな声が聞こえたんで、挨拶がてら酒を持ってきたぞ」

虎ノ助は片手に酒の入った大徳利をぶら下げて、三人に笑顔を向けた。

「知らないよ、あんたなんか」

お京は憮然としている。

「おぬし、ここに住んでおったか」

家光が、お京を横目に苦笑いした。

「まだ、越して今日で三日めだ。だが、どうやらわしは招かれざる客かの……」

虎ノ助は、しおらしいことを言ってお京をうかがった。

「まあいい。目黒のことは目黒のこと。水に流してやるよ。お入りな」

お京がしぶしぶ招き入れると、虎ノ助は嬉しそうに鬚《あごひげ》を撫で、

「いやあ、〈放駒〉のおかげでひと仕事してきたよ」

三人の前にどかりと大徳利を置き、胡座をかいた。

「どこの仕事だ」

「魚河岸の魚問屋だ。相模屋という。用心棒だ」

「相模屋だって？　そりゃ、おれの仕入れ先だ」

「奇遇だな」

虎ノ助は、太助の肩をポンとたたいた。

「そりゃ、相模屋はひと安心だろう。このお人はね、将軍さまご隣席の御前試合に出て最後まで勝ち残ったほどの腕だそうだよ」

次第に親しみを覚えはじめたのか、お京が虎ノ助を笑顔で太助に紹介した。

「そいつは驚いた」

「それより、聞いた話なんだが、魚河岸は大変なことになっているようだな」

虎ノ助が、お京が勧める熱燗の酒を鬚を濡らして飲みながら太助に訊いた。

「どういうことだ、虎ノ助」

家光が、盃を持つ手を休めて訊いた。

「なんでも相模屋の話では、波越伝兵衛という男が、相模屋の縄張りを荒らしてしきりに喧嘩を売ってくるという。浪人者も大勢雇い入れているが、旗本奴とも組んでいるというではないか」

魚河岸の新参者が荒くれ者であることは承知しているが、なにゆえ旗本奴とまでつるんでいるか、家光はいまひとつ判然としなかった。

それに乱暴者とはいえ、旗本は徳川家の直臣《じきしん》である。商人に操られるとはあまりに情けない。

「で、浪人者ってどんな奴らなんだい、虎ノ助さん」

「わしもまだ今日一日のことでよくわからんが、相模屋の話では夏もとっくに過ぎたというのに、まるで真夏のようによく陽に焼けた男たちだという。しかも異装をまとっているという」

「異装……？」

お京が怪訝《けげん》な顔をした。

「普通の着物とはだいぶちがっていて、南蛮風《なんばんふう》の派手な色づかいの装束《しようぞく》で、衿《えり》の合わせ方も違うという」

「妙だねえ」

お京が、訝《いぶか》しげに家光の横顔をうかがった。

「これは、なにか背景がありそうだ。知らぬ間に世の中は騒然となってきておるようだぞ」

虎ノ助が、黒々と延びた鬚を撫でながら唸った。

「関ケ原《せきがはら》、大坂《おおさか》の陣《じん》と、敗《やぶ》れ去った西の大名家の家臣が、浪人となって日本じゅうに溢れかえっておる。それに、家光殿の鎖国政策で国を締め出されかけた南蛮諸国の浪人が、続々と国にもどって来ていると聞く。食いつめた奴らのなかには、武士を捨てて魚屋を始める者もあるのかもしれぬ」

虎ノ助は、明らかに徳ノ助を家光と知って、歯に衣《きぬ》を着せず幕府の政《まつりごと》を非難している。家光には耳に痛いが、虎ノ助の批判は的《まと》を外してはいない。

「そりゃ、穏やかじゃないね。魚河岸は今に波越のゴロツキどもに乗っ取られちまうよ」

「そうさ。それに奴らはそうとうのワルだ。今はおとなしいが、市場を独り占めにしたらきっと値を吊り上げてくるにちげえねえ。市場を我がものにしたら、魚の値など好きなように操れるからな」

「さんまだって、あたしたちの口には入らなくなるかもしれないよ」

お京はちょっと大袈裟に言って、家光を見かえした。

「そうか。そのようなことが、この江戸の町で起こっていたのか」

家光は、深く吐息してまた盃を摑んだ。すっかり酔いが冷めている。

## 二

「徳さん、おもてに太助さんが来てますよ」

大あくびをして二階から降りてきた家光に、お角が家族同然の親しげな口ぶりで声をかけた。

お角はあれから、助五郎から葵徳ノ助の正体を伝え聞き、ひどく混乱しているようだったが、そこは任侠の女《ひと》、すっかり腹が据《す》わったらしく、今はなんの遠慮もない態度で気楽に家光に語りかけてくれる。家光はそれがありがたかった。

——明日、朝が早いんで、

と四つになると独り帰っていった太助であったが、今朝はもうひと仕事終えてきたらしい。

玄関に出てみると、太助は昨夜とはうって変わった明るい表情であった。

「今日は、妙な邪魔が入らなかったんでよく売れたよ。残り物だが、活きのいいさんまが手に入った。女将さんに焼いてもらうといい」

「すまんな。幾らになる」

家光が懐を探ると、

「おっと、いいんだ。今日は、魚河岸につきあってもらうんだから、礼のつもりさ」

太助は、笑顔で家光の声を押さえた。

酔った勢いで約束をしてしまったらしいが、家光にはまったく憶えがない。

「あきれた人だ。忘れちまったかい。じゃあ、やめておくかい？」

「いや、面白そうだ。ぜひ案内してくれ」

家光は、貰ったさんま三尾をお角に預け、さっそく外出の支度を始めた。

花川戸から日本橋へは二里あまりの行程である。

中天の陽差しを受け、隅田川沿いに南へ下《くだ》るのんびりした道行《みちゆき》となる。

「道々でよけりゃ、おれの商売の話でもするぜ」

「それは面白そうだな」

家光は笑顔で太助を促した。

「さて、どこから話をするかな」

「じゃあ、朝起きてからにしてくれ」

「よしきた。朝は明《あけ》六つになって空が白んでくる時分には起きだす。空っぽの盤台《ばんだい》をカタカタいわせながら、日本橋に向かうのさ」

「ほう」

「もう、魚河岸の隣町にさしかかるあたりから、魚の匂いがプーンとしてくる。人出は凄いぜ。江戸の魚屋という魚屋がみな仕入れに来るんだからね。魚河岸の黒塗りの木戸に飛びこんでいくと、表店《おもてだな》がずらりと並んでいる。そりゃアもう人の出入りで押すな押すなの大盛況さ」

「荒っぽい連中だろうな」

「そうさ。威勢のいいのが、鮮魚の活きのよさに通じるからね。競うようにして声を張りあげる。やいやい買っていけ、いいコハダだ。なんてね」

「魚河岸の仕組みは、どうなっているのだ」

「おれたちゃ、請下《うけした》っていう仲買人から魚を仕入れる。魚問屋がひと樽とか箱入りでまずこの請下に売り、それを小分けして魚屋に売るんだ」

「なるほど」

「だが、だんだん仲買も力をつけてきてるんで、請下ってより独立した店の感じかもね」

「とにかく、魚河岸はどんどん変わっている。魚河岸の成り立ちは昨日話したが、もう少し話そうか」

家光が話を聞いてくれるのが嬉しいのか、太助はまだまだ話したそうである。

「ぜひ頼む」

「ようし、どこから始めようかね」

太助は声を弾ませて家光をうかがった。

「そうだな。昨日の話のつづきだ」

「よしきた。佃の漁師が、初めの頃は魚河岸を仕切ってたところから話すぜ。それから、江戸城を築く石の石切り場だった日本橋本小田原《ほんおだわら》というところに、新しい魚河岸ができた」

「江戸の町がしだいに開けた頃だったな」

「そういうことらしい。今は水運の関係で、魚河岸の中心は本小田原町から南の本船《ほんふな》町《ちょう》にすっかり移っているが、本船町はもともと船具問屋がいた。ここは、日本橋川に面しているんで、魚河岸もおかげでずいぶん発展したんだ。いろんなところから魚問屋が集まってきて、そりゃ賑わってきた。組合を作って皆で合議で運営していくことになったのよ」

「ふむ」

「ところが、昨今は妙な輩《やから》が割りこんできた」

「それが、昨日話のあった波越伝兵衛だな」

「そうさ。得体《えたい》の知れねえ奴で、噂じゃ、それまでは米問屋をやってやがったというんだが、米より魚のほうが儲かるらしく、金にあかせてどんどん割りこんできやがった。とにかく魚河岸じゃ、一日で千両という金が動くんだからな」

「株や土地を買い占めるのだったな」

「そうさ、そうやって古くからの問屋に有無《うむ》を言わせねえようにして、新しい問屋仲間をつくっている。今じゃ、すっかり波越の息がかかった問屋ばかりになっちまったぜ。魚の値だって、ここんところどんどん上がってる。そいつらで値を決めるんだから、もうやりたい放題さ」

「それでは、太助らの仕事もやりにくかろうな」

「なによりいけねえのは、魚を毎日食ってる庶民の暮らしがきつくなってくるってことだ。みんな、魚が買えなくなるだろうって話してるぜ」

「だが、昨日聞いた話では、波越の息のかかった魚屋が半値で売りはじめたそうだな。なぜ、そのようなことができるのだろう」

「最近になってわかったんだが、奴は、持浦《もちうら》といって自分たちの店に魚を送ってくる漁場を持つ仕組みをつくってる。仕入れ金や貸付金で縛って、一手契約にもっていくのさ。だから、出荷だって、自由に調整できるって寸法さ」

太助は、いまいましげに言った。

「それも、これも、市場を独占して大きく儲けたいからであろう。いつまでも安くはするまいな」

「そう思うぜ。なんでも、高級な魚から、じわじわと値上がりしはじめているようだ」

「すでに始まっているのか」

家光にも、波越の手の内は透けて見えるようであった。

「ほう、これは盛況だな」

家光は思わず息を呑み、広大な魚河岸の市場を見わたした。敷地面積は一丁四方はあろう。魚を売りさばいた後の板皿や生け簀《いす》がずらりと並べられ、その間を仲買人が行き来している。

朝の早い市場は昼をすぎて閑散としていたが、朝の活況は家光にも容易に想像できた。

「ひとまず、魚会所にでも行ってみようか」

市場の広さに見惚れる家光を、太助が促した。

「魚会所とは？」

「組合の事務所のようなところさ。あのあたりだよ」

太助は、前方の陣屋風の立派な建物を指さした。

初め幕府に献上する魚の処理場だったそうだが、今は組合員の親睦の場も兼ねているという。

「幕府には高級な魚ばかりを納めなくちゃならねえんで、皆、負担を嫌がっていてね。まあ、そのぶん税を免れてるんだから、よしとするけどさ」

太助が顔を歪めて愚痴《ぐち》ってみせた。

（これまで、ただで魚を納めさせていたのか……）

家光は、いつも城中で食する魚が、すべて税と引き替えに納めさせていると知って、ちょっと複雑な気分である。

「それにしても、縁もゆかりもないこの私が、そのようなところに出入りしてよいのか」

「なあに、一心太助のだち公だといやァ、それだけで話は通るさ」

太助は、ちょっと誇らしげに胸をたたいた。一心太助は、魚河岸ではなかなかの顔役らしい。

外見は唐破風《からはふ》のついた瓦屋根の立派な魚会所であるが、一歩なかに入れば三十畳ほどのぶち抜きの広間となっていて、鉢巻き姿の威勢のいい男たちが壁際の床几《しょうぎ》に座ってひと息入れて煙草をくゆらせていた。

のんびりと将棋に興じる古老の姿もある。

昼間は、魚河岸にとっていたく閑散とした時間なのである。

「よう、太助」

顔見知りの仲買や同業の棒手振りが、太助に声をかけてくる。

「よう、元気かい」

いきなりパンと肩をたたく者もある。太助は痛そうに肩をすくめ、苦笑いして仲間を見かえした。

「ひとまず、ここで待っていてくだせえ。相模屋の旦那がいるかちょっと見てきやす」

どうやら太助は、家光を相模屋の旦那に紹介したいらしい。

ならば虎ノ助が来ているかと見まわすが、夕べはへべれけに酔っていたので、まだ長屋で寝ているのだろう。虎ノ助の姿はない。

太助が立ち去ろうとしたところへ、

「おい、太助。もうこの魚河岸にゃ、おめえなんぞに売る魚はねえぜ」

目つきの悪い男たちが五人ほど、ずらりと太助の前に立ちはだかり、せせら笑うようにして声をかけてきた。

市場で働く男たちらしいが、ひどく柄《がら》が悪い。見れば、濃紺の法被の衿に波越と染め抜かれている。

「なんだとッ」

太助は、カッとして肩をいからせた。

「おめえは、もっと安くしろ、安くしろって、うるせえんだよ。それに波越のやり方に、あちこちで難癖をつけてまわってやがるそうじゃねえか。そんなに波越の扱う魚が嫌なら、買わなくたってていいんだ。なけなしの金で天秤棒を仕入れて、ぜひとも棒手振り稼業を始めてえって、頭を下げてくる野郎がいくらでもいるんだからな」

「魚河岸は、波越だけのものじゃねえ。おめえらの好きにはさせねえぜ」

太助が腕まくりして啖呵《たんか》を切ると、

「なにおッ」

ほうぼうから、人相のよくない男が肩を揺すって集まってきた。

「おめえんとこの相模屋は、もうじき廃業だぜ。おめえ、これから何処で魚を分けてもらうんだい」

この男は縞柄の着流しで、法被さえ着けていない。波越に雇われた荒くれ者らしい。

「相模屋さんは廃業なんかしちゃいねえ。それに、おめえらの息のかかった仲買人ばかりじゃねえ。この河岸にゃ、昔からの仲間はいくらでもいらァ」

太助はぐるりと魚会所を見まわすと、顔見知りの仲買人が、肩をすくめて小さくなっている。

(これは、なんとかせねばならんな……)

家光は、肩を落として小さくなっている男たちを見まわすと、

「まて、まて」

やおら太助の一歩前に出た。

「この魚会所は皆のものだ。悪ぶって肩をいからせるのは皆の迷惑だ」

「なんだ、てめえは」

小袖の端をはしょった魚の目玉のようなギョロ目の男が、家光につっかかってきた。

「私は葵徳ノ助と申す旗本で、太助の友人だ」

「太助のだち公だと。旗本だかなんだか知らねえが、おれっちに意見をするとは、いい度胸だな」

男が目を剥いてそう言い、ズンと家光の胸を突いた。

それを払いのけ、

「江戸の民がこれまでどおりぞんぶんに魚を食えるよう、この魚河岸を改めねばならぬようだ」

「てめえなんぞに、なにができる」

「まずは、こういうことができる」

家光は、男の足を勢いよく踏みつけた。

「痛えッ！」

男が、悲鳴をあげて屈みこんだ。

家光は一歩下がって刀の鯉口《こいぐち》を切った。

男たちがぎょっとして、家光を見かえした。だが、手は出せない。二本差しの侍に、いきなり匕首で切りつける意気地はないらしい。

「いってえおめえは、どこの誰なんだい」

男たちが家光を遠巻きにすると、口々にわめいた。

「名はさっき申した。そなたら、幕府に魚を納めておるのであろう」

家光は、壁際に座す古老をぐるりと見まわした。

「へい」

古老の一人が、ちらとやくざ者を見て、小声で応えた。

「上納する幕府の担当役人の名は」

「膳所《ぜんどころ》役三枝主水《さえぐさもんど》様にございます」

「おお、膳所役の三枝か」

「おめえ、三枝様を知っているとでもいうのかい」

さっきのギョロ目の男が、怪訝な顔をした。

「私は、これでも直参旗本だ。幕府の役人はあらかた知っている」

「ふん。どこの何様かは知らねえが、どうせ旗本崩れの遊び人だろう。こちとらには神祇《じんぎ》組、大熊《おおくま》組と、波越の旦那とごく親しい旗本奴がずらりといらあ。おめえなんざ、怖くもなんともねえ。それに、こちとらには勘定奉行の大河内《おおこうち》様だってついているんだ」

やくざ者の一人が啖呵を切った。

「ほう、大河内久綱《ひさつな》か」

「おめえ、大河内様を知っているってのかい？」

男は気味悪そうに家光を見かえし、仲間と顔を見あわせた。

「知っておる。魚河岸の勢力争いに、勘定奉行まで加わっておるとすれば、波越伝兵衛という男はなかなか大物のようだな。勘定奉行がなにゆえ波越伝兵衛の後ろ楯になっておるのか」

家光は太助を見かえしたが、

「さあ」

太助も、首を傾げるばかりである。

「こんな棒手振りやろうが、知るわけもねえ、おめえなんぞに話したところで自慢にもならねえが、教えてやろう。大河内様は波越の旦那と組んでこの魚河岸を大きく育てていこうってご計画だ。幕府のお偉方も噛んでいるんだ。おめえなんぞの出る幕はねえぜ」

やくざ者たちは捨て台詞《ぜりふ》を吐くと、家光を上から下まで睨《ね》めまわし、ペッと唾をはくともういちど睨《にら》みすえて去っていった。

三

「だいぶ事情がつかめたぞ。太助、今日は大いに収穫があった」

魚会所を出た家光は、並びかけてきた太助に満足げに語りかけた。

相模屋には会えなかったが、魚河岸の実態を肌身で感じた意味は大きい。

「まあ、めげずに頑張るのだ。あ奴らの企み、けっして思いどおりにはさせぬ」

太助を元気づけ、隅田川沿いに北上すると、さっきまで中天にあった陽差しが、もう西に傾きかけている。

川沿いの幕府御米蔵付近で、見たことのある男たちが三人、前方を肩を落とし冴えない横顔を時折見せて歩いていく。

「太助、あれは〈放駒〉の三人ではないか」

「そのようでさ」

重い足どりの男たちをさらに目を凝らして見れば、まぎれもない八兵衛と彦次郎、藤次の三人である。彦次郎はいつもの酒の入った瓢箪を腰にぶら下げている。

「おおい、元白波の三人衆ッ」

家光が声をかけると、

「あっ、徳さん」

振りかえった八兵衛が、バツが悪そうに顔を伏せた。

「なんだ、おまえたちも魚河岸にいたのか」

「あ、ああ、まあね」

八兵衛は、二人の視線を逃れるようにして曖昧に応えた。

「こ奴め、なにやら言うにいわれぬ隠し事があるようだな」

家光が、八兵衛の丸い顔にグイと顔を寄せた。

「いやァ、そんなことはねえ」

「魚でも盗みに来たんじゃねえだろうな」

こんどは太助が八兵衛をどやしつけた。太助も、三人の前職を知っている。

「そうじゃねえんだが……」

腰に瓢箪をぶら下げ、酔っているわけでもないのに、いつもほろ酔い顔の彦次郎が、なにか言いたげに家光を見た。

「おい、彦次郎……」

藤次が、彦次郎の袖を引いた。

「言っちまえ、楽になる」

太助が、彦次郎を促した。

八兵衛は黙っている。

「仕事があるってんで、魚河岸に行ってみたんだよ」

「やはりな」

太助が、てっきりという顔で藤次を睨んだ。

「千代田のお城に上納する鯛を荷抜きして、売り捌けってえんだ。いい金になるからって」

八兵衛が、藤次に代わって言った。

「ひどい話だ。誰が誘ったのだ」

「口入れ屋の〈五葉松《ごようまつ》〉だ」

〈五葉松〉は、日本橋本小田原町に店を構え、旗本奴の荒神辰五郎《あらがみたつごろう》を後ろ楯としているると太助が言った。〈五葉松〉は、女のかどわかし、盗品の売買にまで手を出す札付きのワルである。これまでも〈放駒〉の縄張りにも手を広げ、たびたびちょっかいを出して、〈放駒〉の人足や浪人者を引き抜くなどとして、喧嘩沙汰となることがあったという。

「おめえ、商売仇のところに行ったのか」

太助が苦々しげに言って、握り拳を振り上げた。

「それにしても、泥棒の斡旋とは、とんでもない仕事を回してきたものだな。それも、あえて放駒の人足にちょっかいを出してきたとは」

家光は、頰を撫でながら唇を歪めて苦笑いした。

「おれたちの前職を、どこかで聞きつけたんだろうよ」

「おまえたち、まさか受けてきたのではないだろうな」

太助が、八兵衛の顔を覗きこんだ。

「受けちゃいないぜ」

八兵衛に代わって、ほろ酔いの彦次郎が手を振って否定してみせた。

「そりゃ、日当を三倍弾むってんで、ずいぶんと心を動かされたさ。でもなァ、親方にも徳さんにも、もう盗みには手を出さねえとあれだけ誓ったんだ。どんなに日当がよかろうと、脅されようと、やっぱり受ける気にはなれなかったぜ」

彦次郎が言って、口をへの字に結んだ。

「よい心がけだ」

「で、盗む魚は何処《どこ》の板だったんだ」

太助が、八兵衛を摑まえて訊いた。

「相模屋って魚問屋のだよ。なんでも白魚だそうだ」

八兵衛が、太助の顔をうかがった。

「幕府に納入する魚を盗られると、相模屋はおおいに困る。奴らのやりそうなきたない手口だ」

家光も、さすがにあきれ果てて二の句が継げない。

「五葉松に怒鳴りこんでやらァ」

太助が、拳を握りしめた。魚河岸までとってかえすつもりらしい。

「待て、待て、太助。おぬし一人ではどうなるものでもあるまい。怪我をするのがオチだ」

家光が、太助の腕を抑えた。

「だけどよ」

「波越のやり口がわかった。今日は、これでよしとしよう」

そう言って家光が太助を慰めた時、

「徳さん」

彦次郎が家光の耳元で呟き、袖を引いた。

通りの向こうから、男が六人こちらをうかがっている。

丸に波の半纏を着け、片手に天秤棒、肩に麻の大袋を背負っている。よく陽に焼けた顔、異様に鋭く光る双眸は獣じみた獰猛《どうもう》さをたたえている。

一見したところ、仕事帰りの棒手振り商人とも見えるが、足腰に明らかに武術の鍛練の跡がうかがえ、ただの行商人とはとても思えない。

「なにか用かい、おめえら」

太助が男たちに向かって声を荒らげた。太助は、縄張りを荒らす棒手振りかもしれないと思ったらしい。

「おまえ、一心太助と言ったな」

やはり、男たちは太助を知っているらしい。

「おまえの仕入れ先、相模屋はじきに店を閉じる。おまえもあきらめて他の食い扶持を探したほうがいいぜ。後はおれたちが引き受ける」

「なんだと、この野郎ッ」

太助が食ってかかると、

「ほう、やるか」

男が、いきなり懐の匕首を抜き払った。

どうやら、太助の気性を知ったうえで、喧嘩を吹っかけてきたらしい。

「待て、待て」

家光が、両者の間に割って入った。

「通りの真ん中で、妙なものを振りまわすものではない」

「てめえは、何者だ」

「私か。葵徳ノ助という」

「こいつらと一緒にいるということは、どうせ〈放駒〉のところの食い詰め浪人だろう。あそこだって、いつまでもつか知れたものではない」

男は通りを渡ってきた他の四人と顔を見あわせ、嘲笑《あざわら》った。

「どうかな。それは〈五葉松〉のほうかもしれぬぞ」

家光が鼻先で笑いかえすと、

「こ奴ッ」

侍言葉で言い放ち、男が腰だめにしていた匕首をそのままダッと突きかけてきた。

その手首を摑んで頭上に振り上げて、足払いをかけると、男は背を丸めて半回転し地に崩れこんだ。

「こ奴ッ」

残りの男たちが、天秤棒をひっつかんで身がまえた。

うって変わって、武士言葉である。

「やるかね」

家光が、大刀の鯉口を切った。

男たちは、ひるんでずるずると数歩後ずさった。男たちが家光の一気の抜き技を警戒して、さっと一歩退いた。

「おおい、どうした、斉藤《さいとう》、溝口《みぞぐち》」

仲間の名を呼んで、背後から駈け寄ってくる一団がある。こちらは着流しの浪人者であった。いずれも派手な絵柄の小袖を重ね着にし、妙な髷《まげ》を結っている。茶筅《ちゃせん》髷、文金角髷、立髷と、どれも人目につく派手な髪型である。派手な異国風の着物を着けた者もいる。

「どうれ」

その一群の奇傾《かぶ》き者《もの》の中央に立つ男が、一歩前に踏み出した。

この男だけが、総髪を肩まで垂らし、背に龍の描かれた黒の袖無し陣羽織を着けている。一見兵法者のような風貌の男であった。

「おまえは」

家光が訊いた。

「この者たちに、剣の遣い方を教えている」

「たいそうなことだ」

家光は突きはなすように言って、もういちど男を睨んだ。いちど何処かで見たような気がする。だが、どうしても思い出せない。

「八兵衛が言った〈五葉松〉の奴らだ」

「そうか」

家光が刀の鯉口を切った。

男たちが家光の一気の抜き技を警戒して、さっと一歩退いた。

「こ奴はわしが倒す。おまえたちは〈放駒〉の三人と太助を殺《や》れ」

兵法者然とした男が、五間の間合いをとって家光に対峙《たいじ》し、浪人者に命じた。

「ちっ、卑怯者め。侍が寄ってたかってかい」

太助が吐き捨てるように言って、白波の三兄弟を背後に庇った。

「おれたちだって、簡単に殺られやしねえぜ」

三兄弟も、揃って懐の匕首を引き抜く。

「相手は侍だ。手出しをするな。こ奴らは、私が引き受ける」

家光は、太助と三人の前に出て背後に庇い、ゆっくりと抜刀した。

兵法者然とした男が、ゆっくりと前に出る。

家光は、小野派一刀流の小野忠明、柳生新陰流の柳生宗矩の二人の将軍家剣術指南役から両派の剣を学んでいる。

得意とするのは柳生新陰流。新陰流は「後《ご》の先《せん》」が基本、相手の出方を待って臨機《りんき》応変《おうへん》に動く。家光は流儀の教えのまま、男の出方を待った。

だが、男も動かない。

どうやら、家光の剣を新陰流と読み、待ちの体勢に入ったらしい。

(これはかなりの遣い手だ……)

家光は警戒した。

両者の気迫が並々ならぬものであることを知り、棒手振りの魚屋も浪人者も二人の対決に固唾《かたず》を呑んで見守っている。

そのうちに、家光はなぜか軽い目眩《めまい》を全身に感じはじめた。前方の視界が歪んで見え、真綿で首を締めつけられるような息苦しさを覚える。金縛りにあったように手足が思うように動かないようになっているのである。

(妙な……)

家光の額に脂汗《あぶらあせ》が幾筋か滴《したた》り落ちた。

(これはただの剣法ではない……)

そう思ったとき、ふと家光の脳裏にある剣の流派の名が浮かんだ。

松山主水《まつやまもんど》という武芸者が聞いた二階堂流平法、花田虎ノ助が御前試合で敗れた相手である。心の一法という念術を用いて相手を幻惑し、身動きをできないようにして撃ちこみ、易々《やすやす》と倒すという。

なるほど、どこかで見た覚えがあるはずである。男は家光の面前で虎ノ助と対決していたのである。

気づいた時には、家光に向かって何か重いものが唸りをあげて飛来するのがわかった。

「危ねえ、徳さん!」

太助の声が聞こえた。

家光は、とっさに体《たい》を沈めた。

兵法者の後方にいた浪人が放った分銅が、家光の頭上を過《よぎ》っていき、また手元にもどっていった。

と、隙を見た前方の兵法者が一気に間合いを詰め、真っ向上段から家光に撃ちこんできた。

家光はその刃をかろうじて受け、二合、三合して飛び退いた。

と、ふたたび分銅が数本、家光に飛来してくる。

それを左右に転じてかわすと、前方で浪人が鎖鎌《くさりがま》を握ったまま、うっと呻いてうずくまった。

何者かの小柄《こづか》を腕に受け、鎖鎌を手放している。

浪人たちの斜め後方に、三人の奇傾き者の姿があった。派手な模様の小袖に革袴、赤鞘の長大な刀を腰間に落とし、家光を見てにやにやと笑っている。

「退け！　退け！」

兵法家が仲間に命じた。新手《あらて》の出現に泡を食った浪人者が、慌てて駈け去っていく。

それを見送って、家光はあらためて三人の奇傾き者を見やった。

「あっ」

家光は思わず声をあげた。

立花十郎左衛門《たちばなじゅうろうざえもん》である。

家光の小姓をしばらく務め、長じるや無役となり神祇赤鞘組《じんぎあかさやぐみ》なる旗本奴の一団を率い、奇傾いた身なりで町を闊歩《かっぽ》していると聞いている。

他の二人も、この神祇赤鞘組の仲間であろう。

家光が呆気にとられていると、十郎左衛門はつつと家光に近づいてきて、

「おぬし」

「ご無事であったか」

見知らぬ者のように声をかけてきた。

よもや十郎左衛門が、家光の顔を見忘れるはずもない。十郎左衛門が咄嗟《とっさ》に周囲の男たちの手前、名を伏せたものと思われた。

「助かったぞ。恩にきる」

家光も、十郎左衛門の配慮に合わせ、とぼけた口調で礼を言った。

「我ら、旗本奴として、この界隈では男伊達を張っておる。たった一人で町人を庇い、多数の浪人と渡りあうとは、男の鑑《かがみ》。おぬしが江戸市中にある折は、いつでも助けに馳せ参じるので、声をかけられよ」

十郎左衛門はがっしりと家光の腕をとると、舎弟の二人を引き連れ大股で大道を去

っていった。

# 四

「おまえたち、よく辛抱したな」

放駒助五郎が、無事帰還した元白波の三人の肩を荒っぽくたたいてねぎらった。

「痛えよ、親方」

元関取の助五郎にたたかれて、八兵衛が顔を歪めている。

三人とも、〈五葉松〉の誘いに乗り魚河岸に出かけていったが、盗みの仕事を固辞して帰ってきたので、助五郎は上機嫌である。

「いやァ、徳さんがいたんで、どれだけ心強かったかしれねえよ。これでおれたちゃ、二度まで徳さんに助けられた」

八兵衛がそう言うと、三人は揃って家光に手を合わせた。

「やめてくれ、おれはまだ墓に入っちゃいないよ」

家光が手を振ると、

「それにしても、その妙な術を遣う気持ちの悪い兵法者は何者だったんでしょうね」

お角が、心配そうに虎ノ助の横顔をうかがった。

預かりものの将軍家光にもしものことがあってはと、心配しているのである。

「おれが、御前試合で最後に負けた相手かもしれんな。野村一心斎という。二階堂流平法を遣う」

「やはり、おれもそう思った」

家光はあらためて得心すると、南蛮帰りの浪人者や、念術を操る兵法者を雇い入れる波越伝兵衛なる男が、あらためて訝《いぶか》しく思えた。いったい何者なのか。

「ごめんください。口入れ屋〈放駒〉さまはこちらでございますか」

玄関で、若い女の声があった。

「誰でしょうね」

お角が、助五郎と顔を見あわせ首を傾げた。

幕府開闢《かいびゃく》から三十余年、この頃の江戸は、諸国の藩士や、土木建設にたずさわる大工、人足など、男ばかりの社会で女の数は極めて少ない。

ましてや、口入れ屋は臨時雇いの渡り中間《ちゅうげん》や人足を斡旋する稼業だけに、女が店を訪れることなどめったにないのである。

「珍しい。女のお客さんだなんて」

お角が立ち上がり玄関先に出たが、目を丸くしてもどってきた。

「徳さん、お客さまですよ」

お角がにやにやしながら家光に取り次ぐと、皆がいっせいに好奇の目で家光を見かえした。

玄関に出てみると、どこかで見たことのある女人が佇んでいる。

「徳ノ助さま」

女はまっすぐに家光を見て、にこりと微笑んだ。

「あっ」

家光は息を呑んだ。

見たことがある、どころの話ではない。立花十郎左衛門の妹鈴姫《すずひめ》で、家光がまだ竹千代と名乗っていた頃から親しくしている幼なじみである。

十郎左衛門は家光に付けられた養育係兼遊び仲間で、家光に妹鈴姫を紹介した。

城内の中庭で、鈴姫とはよく竹馬や袋竹刀《ふくろしない》を振りまわして遊んだものである。

五つほど歳下であったので、すでに三十を越える年増のはずだが、童顔なので久しぶりに会った今もせいぜい二十代半ばにしか見えない。面影もほとんど変わっていないのである。

家光の目を奪ったのは、その見事なまでの奇傾きぶりであった。

髪は総髪を中分けにして後方に束ね、眉も太く描いている。

鮮やかな色の小袖を幾重にも重ね、その腰を鹿革の帯でだらしなく留めている。

肩に担いでいるのは、長大な赤鞘の長刀であった。

「どうしたのだ、その格好は。まるで女歌舞伎の踊り手のようだな」

「驚かれましたか。鈴姫も子供ではありませぬ」

「とんだ奇傾き者に成長したものだ。それより、なにゆえここがわかった」

家光は、慌てて店の奥を振りかえった。

鈴姫に家光の正体を明かされてしまうと、腐心して準備した気ままな市中の暮らしが台無しになる。その上、そのような姿で周囲をうろつかれては、忍びの町歩きがかえって目立ってしまう。

「やっぱり竹千代さまでございましたね。兄から話をうかがいました。竹千代さまにまた悪い癖が出て、気ままなお忍び歩きをなされているとのことでございました」

「余計なお世話だ。用がないのであれば帰れ」

家光は、憮然として鈴姫を追いたてた。

「ならば、おとなくしますゆえ、お仲間に入れていただきとうございます」

「仲間だと?」

家光は、鈴姫の飄々《ひょうひょう》とした瓜実顔をうかがった。

「むろん、町歩きのお仲間にございます。兄によれば、家光さまは町の荒くれ者と争われていたとのこと。もし竹千代さまの身になにかあれば、天下の一大事ともなりましょう。お護りせねばなりませぬ」

「大袈裟な」

「いいえ、大事なお役目と存じます。それに、警護は目立たぬ女のほうがよろしうございます。これで、わたくしの日夜の努力も役に立つと思うと、胸が高鳴り落ち着きませぬ」

「日夜の努力……?」

「これまでの厳しい武芸の修練は、この日のためだったのでございます」

「冗談はよしてくれ。私のための武芸の修練などと。それに私はここ〈放駒〉の用心棒だ。用心棒の用心棒など聞いたことがない」

「まあ、用心棒。それなれば、ますます私がお役に立ちましょう。私は、剣術、薙刀《なぎなた》、弓、柔術など、武道百般を修めております。必ずやお役に立ってごらんにいれます」

「もうよい、帰れ」

「いいえ、帰りませぬ」

「まあ、まあ」

いきなり背後から声がかかった。

「徳さん、そんなところで押し問答などしていないで、お客さんに上がってもらいなよ」

八兵衛である。

「ほら、ごらんなさいませ。それより、皆さまにご挨拶する前に、兄より内々の伝言をお伝えしておかなければなりません」

姫は一歩踏み出して家光に寄り添い、声を潜めた。

「伝言だと……？」

「他ならぬ、口入れ屋〈五葉松〉のことでございます」

「なに、〈五葉松〉だと！」

家光の後ろで聞き耳を立てていた八兵衛が、いきなり素《す》っ頓狂《とんきょう》な声をあげた。

「はい。〈五葉松〉はここ〈放駒〉に狙いをつけ、今後、なにかと嫌がらせを始めるそうにございます」

「鈴姫、なぜそのようなことを知っている」

らしい。

「〈五葉松〉と懇意の荒神辰五郎が、そう申していたそうにございます」

神祇赤鞘組の立花十郎左衛門と荒神組の辰五郎は同じ旗本奴同士、つきあいがある

「徳さん、なにやら心配になってきたぜ」

八兵衛が、心細そうに家光の横顔をうかがった。

「とにかく上がってもらいなよ。こんなむさくるしいところだが、お姫さまに上がってもらったら、パッと花が咲く」

いつの間にか、助五郎も八兵衛の背後に立っている。

「ならば、お言葉に甘えさせていただきます」

鈴姫は、さっさと草履を脱ぎ捨てると、遠慮なく廊下をすすんでいく。

「徳さん。こちらはどこのお姫様で」

女将のつけてくれた熱燗を胃の腑に流しこんだほろ酔いの彦次郎が、突然現れた奇傾き姫の女人を唖然として見かえした。

「立花十郎左衛門の妹で、私の幼なじみです」

「なんだって！」

放駒助五郎が、いきなり目を剝いて姫を見かえした。

立花十郎左衛門は旗本奴神祇赤鞘組の旗頭、町奴と親しい助五郎にとってはむろん喧嘩相手である。日頃はおとなしいお内儀のお角も、話を聞いてさすがに顔色を変えた。

「徳さん、そりゃァ、まずいぜ」

助五郎が、苦い顔で家光を見かえした。

「申し訳ございません」

姫が周囲の険しい気配に気づき、いきなり畳の上に手をついた。

「たしかに兄は皆さまの仇《かたき》旗本奴でございます。また、仲間の旗本奴らとも懇意にしております。ただ兄は、徳ノ助さまとは義兄弟の契《ちぎ》りを交わす深い間柄。けっして〈放駒〉の皆さまに仇《あだ》なす気はないとはっきり申しております」

「まあ、あっしも男だ。徳さんに助太刀した立花十郎左衛門を信じたい。ただ、お角の気持ちも汲んでやってくれ。お角の兄白神権兵衛《しらがみごんべえ》は十郎左衛門とは刃三昧《やいばざんまい》の抗争を十年にわたってつづけてきた。その旗本奴の旗頭の妹を、家に上げるのはお角も辛かろう」

「もう、いいんですよ」

お角が、落ちついた口調で鈴姫に茶を差し出した。

「先方も徳さんの義兄弟とまで言うんだから、さすがにうちに喧嘩を売ることはあるまいさ。それにしても、いったい立花十郎左衛門の妹さんが、なんでうちなんかに」

「それが、兄からの伝言があり……」

鈴姫は、家光を見て口ごもった。

「いいのだ。皆の前で話してくれ」

鈴姫は、あらためて徳ノ助に向き直った。

「十郎左衛門がなんと」

「〈五葉松〉の万段兵衛《よろずだんべえ》にはくれぐれも気をつけるようにと。〈放駒〉を潰しにかかるかもしれません」

「なんだと」

助五郎が、目を剝いて鈴姫を見かえした。

「万段兵衛は、これまでの万段兵衛とはちがいます。今や旗本奴を後ろ楯にし、さらに大きな後ろ楯を得たそうでございます」

「もっと大きな後ろ楯……？」

お角が問いかえした。

「さだかではございませんが、今や魚河岸で大きな勢力を誇る波越伝兵衛を後ろ楯にもったようにございます。さらに波越の背後には、幕府の重鎮がおるとも言われております」

「幕府の重鎮か――」

家光は、あらためて訝しげに鈴姫を見かえした。

鈴姫の言う幕府の重鎮とは、勘定奉行の大河内久綱かもしれなかった。大河内は幕府の財政を一手に握る立場にあって、幕閣内に重きを成している。なにやら、幕府の腐敗がだいぶすすんでいるかもしれなかった。

「兄は、背後の勢力を調べてみるそうでございます。それが確認できしだい、徳ノ助さまにまたお知らせすると申しております」

「それは心強いな。だが、無理をするなと十郎左に伝えてくれ」

「はい」

鈴姫は深くうなずいてから、

「放駒助五郎さま、それからお角さま」

頭を傾げて放駒親方夫婦を交互に見かえし、両手をついた。

「なんだい、鈴姫さん」

放駒親方が、穏やかな顔で鈴姫を見かえした。

「兄十郎左衛門の心底、おわかりいただけましたでしょうか」

「なんだが知らねえが、徳さんには忠義立てしなさるようだ」

「そのようですね」

お角も同意した。

「あの、その十郎左衛門の妹、ちょくちょくおうかがいしてよろしゅうございましょうか」

「まあ、そりゃいいけどよ」

助五郎は、あらためてお角を見かえし、うなずいた。

「あたくし、幼き日より徳ノ助さまと親しくさせていただき、いつの日にか、きっとご正室に、いえそれがご無理ならご側室にと願っておりました。そんな徳ノ助さま一《いち》途《ず》のあたくしですので、徳ノ助さまのお側にいられるだけで幸せなのでございます」

鈴姫が、しんみりした口調でいった。

「かわいいことを言うじゃねえか」

助五郎が苦笑いして、お角と目を合わせた。

「ちょいと。そりゃ、聞き捨てならないよ」

いきなり、徳ノ助の背後で女の声があった。

「お京さん！」

皆が一斉に棒立ちするお京を見上げた。

「いつからそこに」

家光がギョッとしてお京を見かえした。

「なに言ってんだい。ずっとさっきからここにいたよ。ちょいとあんた、この徳さんはね、あたしの焼いたさんまで、差しつ差されつのいい仲なんだよ。横から妙なちょっかいを出すのはやめておくれ」

徳ノ助が、困ったようにお京と鈴姫を見比べた。

「おい、誤解だよ。私とお京はそんな仲じゃない。それに、鈴姫はただの幼なじみ。女友だちさ」

「なんだか知らないけど、あたしゃ負けないよ」

お京が腕をまくれば、

「受けて立ちましょう」

鈴姫が片膝を立て、キッとお京を見かえした。

「まあまあ、女同士がいがみ合っても、サマにならないよ。ここはあたしに免じて仲直りの盃でも」

「そんなの無理です」

鈴姫が、キッと睨みすえれば、

「いい度胸だ」

お京も片膝を立て、すごんでみせた。

それを見ていたお角が、これまで見せたことのなかった険しい表情で二人を見かえし、

「この放駒の奥座敷に上がるんだから、あたしの目の黒いうちは断じて喧嘩沙汰はご法度《はっと》だよ。そうでなくちゃ、二人とも一歩たりとも敷居はまたがせない」

「そうだ、そうだ」

石川三兄弟が、手をたたいて相槌を打った。

「さあ、仲直りの盃だ」

放駒親方が、用意した盃に酒を注ぐ。

「あたしも〈放駒〉の座敷では、旗本奴立花十郎左衛門の妹ではなく、徳さまの一の子分として、この店の用心棒に徹することにいたします」

鈴姫が、グイと一気に盃を呷《あお》ると、家光に向かって啖呵を切ってみせた。

「おいおい、子分は迷惑だ」

「いえ。いかに柳生新陰流と、小野派一刀流の二流派を修めた徳ノ助さまとて、不覚をとらぬとはかぎりません。その折には私の弓術がお役に立ちます。それに兄は、けっして徳ノ助さまから離れるなと申しております」

「まったく、ありがた迷惑な話だよ」

お京が、袖に腕をつっこんだまま、投げ捨てるような口調で言いかえした。

# 第三章　神祇赤鞘組

## 一

日枝山王神社《ひえさんのうじんじゃ》、富岡八幡宮《とみおかはちまんぐう》と並ぶ江戸三大祭のひとつ神田明神《かんだみようじん》の大祭が近づくと、家光はしばらくの間江戸城に押しこめられ、外出もままならなかった。

というのも神田祭は徳川家縁起の祭として、天下様、つまり将軍臨席のもとに行われる「天下祭《てんかまつり》」だからであった。

その準備がようやく終わって、家光が花川戸にもどってきたのは、祭のわずか五日前のことである。

助五郎は、居間で世話女房のお角の淹れてくれた茶をすすりながら、お京と困り顔で額を集めていた。お京は久しぶりに〈放駒〉に現れた家光を見るなり駈け寄ってき

て、

「徳さん、たしか笛をやっているって言ってたね」

縋りつくように声をかけてきた。

「笛なら、たしなんでいましたが……」

口入れ屋〈放駒〉が祭の囃方《はやしかた》の仕事を請け負ったのだが、笛の吹き手が急病で祭に出られないことになってしまったというのである。

「そうかい、徳さんがね」

話を聞いて、助五郎は居間に座りこんだ家光を頼もしそうに見かえした。

「いやァ、お京は太鼓が叩ける。鉦《かね》を叩ける者なら近くの如来寺《にょらいじ》の寺小姓孝助《こうすけ》というのがいるんだが、笛の吹き手が急病でね。あっしも引き受けた以上なんとかしなきゃならねえんで、困っていたところさ」

助五郎はそう言って、

「引き受けてくれるね」

と念を押した。

「面白そうだ。やらせてもらいますよ」

家光は、飄々と話を受けてから、

「で、どこの祭なんです？」

と問いかけた。

「どこのって、そりゃ神田明神ですよ」

「なに、神田明神！」

家光は、困ったことになったものと額の汗を拭いた。神田明神の天下祭は、将軍が臨席しなければ始まらない。

「天下様は午前のうちでしょう。なに、午後からでいいんだ」

助五郎は、家光の事情などとうに察しているらしい。

「それに祭《まつり》囃子《ばやし》は他に何組も来てるから、まあ、適当にやってりゃいいさね」

こんどはお角が、家光に引き受けてもらおうとお気楽そうに言う。

「それなら、まあいいが……」

ちょっと心配であったが、家光も天下祭の将軍臨席は朝のうちだけだったことを思い出し、安堵した。

「じゃ、明日から練習ですよ。あたしのところに入りびたりでね」

お京が、いきなり家光に縋りついてきた。

「なんなら、鉦の練習なんて省いたっていいんだよ。太鼓と笛で、差しつ差されつ。

お銚子でも傾けながら、夜の更けるまでね、徳さん」

「あら」

お角も、にやにや笑っている。

だが実際のところ、練習は近所の手前長屋に入り浸ってつづけるわけにもいかず、結局町内の顔役の家を借りての稽古となり、お京をがっかりさせたのだった。


祭の初日、家光は午前中、将軍として「天下祭」に臨席し、午後になると秘かに城を抜け出し、神田祭の群集の中に飛びこむと、高い櫓《やぐら》の上に駈け昇り、ほぼ一刻余り、お京と孝助と三人でぶっ通しで祭囃子を奏で通した。

祭囃子は、特設の高い櫓の上で演奏される。

大勢の群集に囲まれ家光は、あたかも敵勢に囲まれ、落城間際の小城のようである。

「それにしても徳さん、上手いもんだねえ」

お京が三味線の手を止めて、あらためて家光を褒め上げた。

「いや、ひやひやものだったよ」

櫓の上からぐるりと聴衆を見まわすと、あちこちからわっと喝采が起こる。

家光は、町衆に手をあげて応えた。

「いい気分だ」

町衆のなかに飛びこんで、一緒に祭を愉しむのは格別である。

——御輿《みこし》深川、山車《だし》神田、ただ広いは山王様。

そう唄われる神田祭の異様に巨大な山車が、江戸の百八の氏子《うじこ》町を巡り、今ゆっくりともどってくるところである。

家光はそれを見下ろしながら、差し入れられた茶でゆったりと喉をうるおし、またほっとした気分で聴衆の去った後の広場を見わたした。

それにしても凄い人出である。

視界の隅々四方八方にまで人が埋めつくし、その群集がひとつの生き物のようにゆっくりと蠢《うごめ》いている。みな祭気分に上気して、熱気のまま右往左往しているのであった。

その大群集のなかに、いくつかの屋台や見世物が出て露天《ろてん》で営業をしている。

八兵衛の辻占いも、彦兵衛の虫籠売りも、藤次の怪しげな歯抜きの辻医者も、そのなかにあるはずであった。

「お京、あれはなんだ?」

家光が目をとめたのは、派手な朱の袖無し陣羽織《じんばおり》を着けた兵法者が、群集を前に、ひらひらと長刀を陽光にきらめかせ、二枚が四枚、四枚が八枚、八枚が十六枚と鮮やかに薄紙を切り刻んでいる。

その大刀さばきに、群集は釘づけとなっているようであった。

総髪を無造作に後方で束ねたその姿は、漂泊の武芸者といったふぜいだが、体つきにいかめしいところはなく、ふっくらとして柔らかい。

目を凝らしてよく見れば、その兵法者は侍の格好をした女であった。

女武芸者は、懐紙の束を次々に切り刻みながら口上《こうじよう》をまくしたて、なにかを売っているらしい。女が最後に小さくなった無数の紙片をパッと宙空に放り投げると、群集がわっと手を叩いて喝采した。

やがて群集がいっせいに武芸者に殺到し、なにかを買い求めはじめた。

「蝦蟇《がま》の油売りだよ。ああして大道芸と調子のいい口上で人を引き寄せてから、膏薬《こうやく》を売るって寸法だよ。どうせ食い詰め浪人がやっているんだろう」

「だが、あれは女だぞ」

「あら、ほんとうに！」

お京は初めて気づいたのか、驚いて目を凝らした。

「あれはうけそうだね」

めた。

「うむ」

「それより、徳さん。あっちの騒ぎはなんだろうね」

鉦を受けもった如来寺の孝助が、くだんの蝦蟇の油売りの対面の人だかりに目をとめた。

そのあたりで、なにやら大声をあげて人が騒いでいる。

「あそこは、藤次が歯抜きの露店を出しているところだよ。心配だねえ、徳さん。行ってみようよ」

お京が、家光の袖を強く引いた。

急ぎ櫓の梯子《はしご》を駈け下り、群集を掻き分けて人だかりに駈け寄っていくと、野次馬の頭越しに、口ぎたない怒声が聞こえてくる。

「ちょいと、どいておくれな」

お京と家光が群集を掻き分けて人だかりの前にまわると、やはり藤次がやくざ者と侍の群に囲まれているところであった。

やくざ者はいずれも〈五葉松《ごようまつ》〉と染め抜いた半纏をだらしなく着くずし、裾を端折《はしょ》っていた。〈放駒〉と対立する口入れ屋の者らしい。

目つきもふるまいも醜い男たちで、藤次の胸ぐらを摑み、なにやら唾を飛ばして激しくののしっている。

その向こうで、藤次がいたぶられるのをにやにや笑いながら眺めているのは、いずれも奇傾いた身なりの二本差しの無頼漢《ぶらいかん》どもである。

派手な羽織袴を着けているところからみて、先日魚河岸の帰り道に遭遇した立花十郎左衛門と同じ旗本奴らしい。

これだけの男たちに囲まれ、それでも青い顔をしながらつっぱっている藤次はけなげで、群集はみな同情を寄せているが、といっておもてだって味方する者などいない。

聞こえてくる相手の言い分では、どうやらやくざ者の一人が、藤次に歯を抜かせようとしたが、いっこうに抜けないばかりか、ひどく痛い目にあわされたらしい。

むろん難癖《なんくせ》である。

「ねえ」

お京が、助けてやってほしい、とまた家光の袖を引いた。

「ここで待っていろ」

家光は、お京を群集のなかに残し、

「待て、待て」

ずいずい前に出ていった。

「徳さん」

藤次が、情けない声を出して家光に縋りついた。

「ほほう、用心棒がおいでなすったぜ」

家光が現れるや、〈五葉松〉のチンピラが、早速《さっそく》ぐるりと取り囲んだ。魚河岸の帰り道に襲いかかってきた者もなかにいるらしい。

「たった一人を相手に大勢で取り囲むとは、粋な男伊達のすることではないな」

家光が、男たちを順に睨《ね》めまわすと、

「なんだとッ」

やくざ者が、肩を揺すって家光の前に一歩踏み出した。

「今日は、町衆が楽しみにしてきた神田の大祭だ。こんなところで揉め事を起こしては、せっかくの祭が台無しとなる。きっとご本尊の平将門《たいらのまさかど》も怒り出すぜ。さっさと消え失せるがいい」

神田明神には、平将門が祀《まつ》られている。

「これは喧嘩じゃねえ。おれはただ、謝れといったまでだ。痛い目にあわされたあげく謝りもしねえから、怒っているんだ」

男が、肩を揺すってさらに前に出た。

「そういうことか、藤次」

家光が、振りかえって藤次に訊いた。

「いいや、そうじゃねえよ。こいつらが、因縁をつけてきたんだ。虫歯じゃねえ歯を抜こうとすると言いやがって」

取り囲んだ群集が、そうだ、そうだ、と叫んだ。

「ならば、どうしたら気が済む。私が代わりに抜いてやろうか」

家光が、不敵な笑みを浮かべて男たちを見まわした。

「なんだと、てめえ」

頬を押さえて痛がったいたやくざ者が、精いっぱいに虚勢を張るが、家光にいちど痛い目にあっているからか、それ以上はつっかかってこない。

「そもそも、虫歯なんかありゃしねえんだよ。それを痛い、痛い、早く抜けと言いやがって」

家光の出現に、すっかり元気を取りもどした藤次が言った。

「わけのわからねえことをほじゃくんじゃねえ」

そろそろ出番と見たか、〈五葉松〉のやくざ者に代わって、旗本奴の一人が前に踏み出した。

ほじゃく、とは旗本奴の独特の言葉六方詞《りっぽうことば》で、ほざくの意味らしい。

「我らは初めから見ていた。こいつは腕もないのに歯抜きの玄人《くろうと》を気取って、無茶な治療をしたのだ」

野太い声で旗本奴の一人がいう。

「丸く納めたければ、見舞いの金のいくらかでも置いていけ」

黒々とした揉上を、顎のあたりまで伸ばしたもう一人の男が仲間に味方して言った。

「見舞金だと」

藤次が目を剝いた。

「そうだ、まあ五十両で勘弁してやろう」

「言い分が双方まるで嚙み合わぬな。だが、町衆の声を聞けば、どうやらこの藤次の話に筋が通っていそうだ」

「なんだと！」

旗本奴が、家光の胸ぐらに手を伸ばした。

その手首をむんずと摑み、家光が逆手《さかて》にねじりあげると、

「い、痛え！」

旗本奴は、海老《えび》のように丸く体を反らせた。

「痛いか。ならば、たちの悪い因縁はもうつけぬことだ」

「ち、畜生ッ！」

男はしきりに痛がるが、それでも家光は手を放さない。

「皆が楽しみにしてきたこの祭を、おまえたちはすっかり台無しにしてしまった。さっさと立ち去れ。嫌なら、さらに痛い目にあわす」

「ほじゃきやがる！」

旗本奴が、いっせいに刀の柄に手をかけた。

やくざ者らが、それを見て、懐に手を入れ匕首を探った。

旗本奴がいっせいに抜刀し、やくざ者が匕首を引き抜いてバラバラと家光と藤次を囲む。

ただならぬ気配に、群集が悲鳴をあげて四散した。

「どうせ、うぬらは喧嘩のきっかけを待っていたんだろう。このままで済むわけもないようだな。されば、うぬらの奥歯を一本ずつ抜いて懲らしめるとするか」

家光は不敵に笑って、旗本奴の片腕を取ったまま、男と一緒に旗本のなかに押していった。

やくざ者は、旗本奴の外に輪をつくり逃げ腰である。

「ずいぶん頼りない奴らだ。〈五葉松〉の者ども、逃げるなら今のうちだぞ」

嘲笑《あざわら》ってから家光は手を取った旗本奴を突き放し、そろりと抜刀して刀の峰を返した。

「うぬらも侍のはしくれ。よもやこ奴らのように逃げ出すまねはすまいな」

「小癪《こしやく》な」

家光の正面、目も鼻もひときわ大きな男が、憤怒《ふんぬ》の形相で真っ向上段に撃ちこんできた。

それをかわして体《たい》を入れ替えると、目にも止まらぬ刀さばきで袈裟《けさ》に斬り下ろす。

峰打ちだが骨が泣く鈍い音がして、男は苦しそうに身悶えした。

「さあ、次はどいつだ」

ぐるりと見まわせば、腕が立つと見たか、旗本奴は数歩退いて家光を遠巻きにする。

と、群集を分けて、一人の侍が争いの渦中に飛びこんできた。

見れば、さっきの蝦蟇の油売りの女である。

「ご助勢いたす。ここは私が」

女は家光に一礼し、素早く抜刀した。

先ほど、陽光の下で薄紙を切り刻んでいた長刀である。

旗本奴は、ど肝を抜かれてさらに数歩退がった。

「そなたは」

「この先で商いをする者」

「知っておるわ。見ておったぞ」

身近にその女を見て、家光はハタと気づくことがあった。数年前、家光が催した御前試合にこの女は、武芸者として出場していた。

女人の武芸者であったので、家光は今もありありと憶えている。その年の試合には、たしか目黒不動で遭遇した花田虎ノ助も出場していたはずである。

「そなたとは、いちど会っておるな」

「はい。お目にかかっております。私はタイ斜流免許皆伝《しゃりゅうめんきょかいでん》丸目《まるめ》亜紀《あき》と申します。あの試合は三人まで勝ち抜き、花田虎ノ助殿に敗《やぶ》れてしまいました」

「そうであった、残念であったな」

うなずいてから、家光はふと別のこと気づいた。亜紀の口から、家光の正体がバレてしまうおそれがある。

「ご懸念なく。万事心得ております。あなたさまは今、葵徳ノ助さま」

「だが、なぜそこまで」

「その話は後ほど。ここは私にはたらかせてくださりませ」

亜紀は、刀を中段につけ、そのまま腰に乗せ浪人の群のなかに押していった。

天下無双の武芸者を集めた御前試合を勝ち抜いただけに、女といえども剣の腕は旗本奴らとは格段の差があって当然、まかりまちがっても不覚をとることはあるまい。

そう見た家光は、

「されば、ここは頼む」

踵《きびす》を返し〈五葉松〉の荒くれ者に囲まれ、ひとり匕首を握りしめている藤次のもとに駈けつけた。

「大丈夫か、藤次」

抜き身をひっさげ迫り来る家光に驚いて、匕首をかまえたやくざ者がさっと包囲の輪を広げた。

と、その男たちが、いきなり体をくねらせもがきはじめた。

まるで相撲をとるように体をひねる者、火の上に乗ったように跳びはねる者もある。

どこからか飛来する矢が、やくざ者に当たっているのであった。

稽古用の鏃《やじり》らしく、体を射抜かれることはないが、それでもすこぶる痛そうである。

「誰でえ」

やくざ者は、いまいましげに矢の飛んでくる方角を探ったが、群集の頭が邪魔になり射手は目に入らない。

家光は、面白そうに矢を拾いあげた。羽根の部分に、小さな鈴がくくりつけてある。

「鈴姫か」

家光は思わず声をあげて、彼方の櫟《くぬぎ》の木を見やった。

大きな枝に乗り、面白そうに矢を放っているのは、まぎれもない立花十郎左衛門の妹鈴姫である。

(どうやら、こちらも大丈夫のようだな)

家光は、旗本奴を相手に斬り結ぶ丸目亜紀に目を転じた。

意外なことに、勝負は呆気なくつきかけていた。いずれも峰打ちらしいが、旗本奴は一人を残してことごとく地を這って苦痛に喘《あえ》いでいる。

最後の一人も、そのタイ斜流らしい鮮やかな袈裟斬りを食らって崩れると、群集の間からわっと喝采が起こった。

やくざ者どもが、旗本奴を置き去りにし、悲鳴をあげて逃げ去っていく。

家光は、亜紀のところまで駈け寄ると、

「さすが、タイ斜流免許皆伝、見事な腕だな」

耳もとでつぶやいた。

女らしい白いうなじが、うっすら汗をかいている。

「お褒めにあずかり、恐縮でございます」

亜紀は丁寧に家光に一礼した。

「それにいたしましても、これだけの数の荒くれどもが、何故たった一人の香具師に絡んでいったのでございましょう」

亜紀は合点がいかないらしく、首を傾げて家光を見た。

「うむ。なにやら、周到な準備をしておったが」

「とまれ、旗本奴と町奴の抗争は根が深いと聞きおよびます。そのような渦中に、上様がおひとりでお入りになるなど、あまりに危険と存じますが」

「そうかもしれぬな」

亜紀に指摘され、家光は後ろ首を撫でおろした。

亜紀は、鮮やかな大刀さばきで刀を納めると、二人を囲んだ群集をぐるりと見まわし、

「お騒がせしました」

ペコリと顔を下げた。

「よっ、蝦蟇の油売り」

「さっきの笛はよかったぜ」

　やくざ者と旗本奴を鮮やかにさばいてみせた二人に、あらためて群集の間から大きな喝采が起こった。


　とその時、家光は群集の背後でこちらをじっと見つめている武士の眼差しに気づいた。宗十郎頭巾《そうじゆうろうずきん》で面体を隠したまま、視線を外そうともしない。

　堂々とした押し出しの人物で、身に着けるものも、刀のそろえも、いずこの大守かと思わせる威風堂々《いふうどうどう》たるたたずまいである。背後に数人の郎党を従えている。

　家光に視線を返されても、武士は微動だにすることもなく睨みかえしている。

　無言の睨みあいが、数瞬つづいた。

「家光さま……」

　それを見て、亜紀が耳もとで不安げに声をかけた。

「あの者は、龍のように強い気を放っております」

「龍か。それにしても、あの眼、どこかで会うたような」

　家光がぼそりと言ってのけた時、侍とその郎党の一団は、踵を返し群集の彼方に溶けこむように消えていった。

「助かったよ、徳さん」

藤次が、荒く息を継ぎながら駈け寄ってきた。

「この人が、助太刀をしてくだされたのだぞ」

家光が亜紀を紹介すると、藤次は不思議そうに男装の亜紀を見かえし、

「こりゃア、どうも」

と頭を下げた。

「ただの蝦蟇の油売りかと思ってたけど、凄い腕だね」

群集の間から姿を現したお京も、あきれて亜紀を見かえしている。

「それはそうと、そなたはさきほど、私が放駒に身を寄せていることを知っておると申しておったな」

家光が、亜紀の耳元に問いかけた。

「はい。花田虎ノ助どのからうかがいました」

「あ奴から」

家光は、苦笑いして亜紀を見かえした。

亜紀と虎ノ助は、勝敗を分けた後も交誼《こうぎ》をつづけていたらしい。

「ところで」

ふと、家光は思うことを亜紀に問いかけた。

「そなたの剣を間近に見たが、私の柳生新陰流に似たところがあった」

「はい。タイ斜流は新陰流開祖今泉信綱《いまいずみのぶつな》様の流れを汲むもの。開祖丸目蔵人《まるめくらんど》は祖父にございます」

「そなたが」

家光は驚いて亜紀を見かえした。

丸目蔵人といえば、新陰流今泉信綱をして、

――東に柳生新陰流柳生石舟斎《やぎゆうせきしゆうさい》、西にタイ斜流丸目蔵人
とまで言わしめたほどの剣の達人である。

「丸目殿は、たしか肥後熊本人吉《ひごくまもとひとよし》の在であったな」

「祖父は、合戦のうちつづいた戦国の世が終わるや、肥後人吉の山中に田畑を開き、静かに余生を送りながら、後進を育成しておりましたが、先年他界いたしました」

「私も、そう聞いている」

タイ斜流の活人剣の考え方は、家光の修めた柳生新陰流にも伝えられているので、親しみもある。

「丸目蔵人は自ら編み出したタイ斜流剣術の他、忍びの術に似た体術を心得ておったと聞いているが」

「はい。そも、陰流新陰流の流れに、忍びの技が伝承されております」

「そうであった」

陰流の創始者愛洲《あいす》移香斎《いこうさい》は、猿のように跳び、あまたの忍びの秘術を用いたという。

「それにしても、驚いたぞ。丸目蔵人が、忍びの親玉であったとはな。その忍びの一族は、健在か」

「はい。人吉山中に棲《す》む一族の間に伝承されております。みな田舎者ゆえ、飽きることなく忍びの技に磨きをかけております」

亜紀は、真顔で応えた。

「そうであったか。徳川幕府の伊賀者、甲賀者は、もはや忍びの技などあらかた忘れ、ただの密偵に成り下がっておると聞く。いちどそうした忍びの者に会うてみたいものだ」

「上様がお呼びとあらば、喜んで駈けつけましょう」

「いや、必要あるまい。今はもはや泰平の世となった。平和に暮らす者たちを騒がせることもなかろう」

「そうであれば、よろしうございまするが……」

含むようにそう言って、覆面の武士の一団が消え去った彼方に、亜紀はまた目を向けた。

「それにしても助かったよ。徳さん。危ねえところだった」

ふっと安堵し、藤次があらためて家光に頭を下げると、

「なに、私など、なにもしていない。礼を言うなら、この亜紀どのと、あの……」

家光は、鈴姫の姿を捜して群集の彼方の櫟の大木に目をやった。

鈴姫も、いつの間にか視界から姿を消している。

二

すぐ隣といっても、壁ひとつ隔てただけで〈放駒〉と同じ棟の酒屋〈寿《ことぶき》〉は、助五郎の女房お角がほとんど趣味のようにして営む店である。
酒好きの助五郎と、
――なにかしらしていないと落ちつかない、
という活発なお角の性分がうまく噛みあって、試しに開いた小さな店だが、初めの

うちは〈放駒〉から仕事を受ける人足や浪人者がたまに立ち寄るだけだったものの、いつの間にやら近所の長屋の住人までが買いに来る便利な店になっている。

その酒屋の土間の片隅に床几《しょうぎ》が置かれ、ついでに飲んで帰る人のための場所が用意されるようになって、いつの間にか飲み屋のようになった。

といっても、この頃はまだ居酒屋という形態は江戸の町になく、軒下に吊るした干し鮟鱇《あんこう》を目印に、飲み仲間が集まって話を咲かせる程度のものである。

肴はあぶった烏賊《いか》や、煮豆、田作りなど、ありあわせのものであった。

外はまだ六つというのに、夜の帳《とばり》がとっぷりと降りて暗い。

飲み処には、すでに酒がまわって頬を赤く染めている八兵衛、彦次郎、藤次の三人に加えて、家光、虎ノ助、お京の姿が見えた。

今日その席で、祭の場で起こった抗争事件を聞き、助五郎はひどく不機嫌なのである。

「こんどばかりは、許せねえ」

鷹揚《おうよう》でこだわりがないと評判の放駒助五郎が、これほど怒りを露《あら》わにしたこともめずらしい。周囲の者はその剣幕に背筋を縮めて目をつむっている。

助五郎は、大徳利をわしづかみにしたまま、眉間に赤黒い怒気を溜めていてずっとブツブツとぼやいている。

助五郎の琴線《きんせん》に触れたのは、藤次の歯抜き屋に狙いさだめて、〈五葉松〉の荒くればかりか旗本奴まで繰り出してきたことであった。

本気で〈放駒〉を潰しにかかってきたと、見たのである。

お角も、ここまで怒りだすと助五郎は容易に収まらないことを知っているので、後ろ髪に手をやって黙っている。

「親方、でもここは忍の一字ですよ。これほどの無法は、管轄の寺社奉行に訴えるのが筋でさァ」

ほろ酔いの彦次郎が、一人で親方を懸命になだめはじめた。三人のなかでは性格はいちばん温厚である。

「なあに、あんなところに行ったたって埒《らち》があかねえよ。せいぜい、握りつぶされるのがおちだ。それに祭の最中だ。役人は取り締まりだけで精いっぱいのはずだ」

「そうかもしれないね。なんせ、手が足りなくて町方役人まで繰り出しているって聞いたから」

お京も同じ意見である。

「じゃあ、その町方にかけあってみたらどうだい」

こんどは、八兵衛が横から口を出した。

「町方は管轄ちがいだ。たしかに旗本奴には手を焼いているけど、なかなか手が出せねえはずだ。だって、相手はお武家だよ。取り締まりは目付《めつけ》だろう」

なにもわかっちゃいないといった顔で、お京が八兵衛を見かえした。

「だったら、どうしたらいいんだよ。徳さん」

八兵衛が、さっきから黙ってにやにや話を聞いている家光をうかがった。

「さてな、その目付にでも訴えてみるしかあるまい」

家光が、顎を撫でながら言った。

「目付なんて、どこにいるのかだってわからないよ。それに、町人が文句をつけたからって、取りあっちゃあくれまいさ」

お京が、なかばあきらめ口調で言った。

「そうさ。ここは当事者で決着をつけるしかねえんだ。出入りだ。おめえたち、命を張る時だぜ」

助五郎が、ブルンと頬を振るわせて言った。

「まあ、待ってくれ、助五郎さん」

にやにやしながら話を聞いていた花田虎ノ助が、組んでいた腕を解いて話に割って入った。

「旗本奴といっても、立花十郎左衛門の妹はこっちの味方してくれたんだろう。まずは、十郎左衛門に仲介に立ってもらうってのが良策だと思うが」

「そうだね。あのじゃじゃ馬姫の兄さんなら、意外といい思案があるかもしれないよ」

　お京が、意外にさばけたことを言った。

「立花なんぞを頼りにするしかないのかい」

放駒助五郎が、いまいましそうに唇を曲げた。

と、玄関の狭い格子戸が開いて、二刀差しの侍の影が薄闇に浮かびあがった。

「もう店は閉めてますよ」

お角が、興奮さめやらない親方を手で抑えて、声をあげた。

「お酒を買いに来たのではありません。花田虎ノ助さまはご在宅でございましょうか」

　姿を見せたのは、なんと丸目亜紀であった。

「おお、亜紀。ここだ」

虎ノ助が、大きな声をあげて手招きした。

「こ、この人だよ。助太刀してくれたのは。親方」

藤次が慌てて亜紀を迎えに出ると、亜紀が皆に一礼して遠慮がちに店に足を踏み入れた。その挙措《きよそ》は、行儀のいい若武者のようである。

「さあさあ、どうぞ」

お京が、気をきかせて亜紀のために酒樽の席を譲った。

「おれとこの亜紀はな、ちょっとしたよい仲でな」

虎ノ助が、にやつきながら自慢げに亜紀を紹介した。御前試合で、亜紀は虎ノ助との対戦に敗《やぶ》れている。それもあってか、どこか兄貴分のような口ぶりである。

「そんなんじゃありません」

亜紀が、虎ノ助を見かえし、プイと顔を背けた。

だが、亜紀がこの店に現れたところをみると、虎ノ助と懇意であることはまちがいなさそうであった。

「こちら、女の人で?」

助五郎が、呆気にとられて亜紀を見ている。

虎ノ助は、ひととおり亜紀を〈放駒〉の面々に紹介した。聞けば、虎ノ助と亜紀は剣友といったところらしい。

虎ノ助の話では、亜紀は江戸に出て浅草網元町《あみもとちょう》に家を借り、武芸指南を始めたという。女だてらの武道教授はすぐに浅草で評判になり、その風変わりな男装と中分けの髪型も評判という。

「それは凄いな」

家光が感心した。

「ただ、稽古が厳しすぎるのでしょうか、弟子はまだ三人しかおりません」

亜紀は悪びれずに言うと、苦笑いしてうつむいた。

「それで、蝦蟇の油売りというわけ？」

お京も、興味深げに亜紀を見かえした。

「いやァ、あの折はかろうじて勝ちを得たが、いま一度やればどうなるかわからん。この亜紀は、さすが丸目蔵人の孫だけに筋がいい。それに稽古熱心だ」

虎ノ助は、真顔になって亜紀の腕前を称賛した。

「はい。こちらにうかがったわけは、虎ノ助さんが〈放駒〉さんが口入れ屋とのことで、何か私にもできるお仕事はあるのではと」

「ああ、あるよ。あんたの腕が聞いたとおりなら、蝦蟇の油売りよりは、きっとよい給金がもらえるよ」

助五郎は、いい人に来てもらったと満足そうである。

「じゃあ、これからお二人とも放駒の大事なお仲間だよ。皆も仲良くやっておくれ」

お角が、亜紀の猪口にも機嫌よく徳利の酒を注いでやった。


「こんばんは」

また女人の声がある。

「おや、まただよ。今日は千客万来だね」

お角が、驚いて玄関に目をやった。

ひょっこり姿を現したのは鈴姫であった。

旗本奴の妹だけに、助五郎がちょっといやな顔をしたが、お角がその出腹をつついて鈴姫の椅子を用意してやった。

「藤次、あの折、矢を射かけて助太刀してくれたのはこの鈴姫だ」

家光が面白そうに鈴姫を紹介すると、

「ほんとうかい?」

お角が、明るい顔で鈴姫を見かえした。

お角は、助五郎とちがって鈴姫に好意的である。

「徳ノ助さま。意外なことがわかりました」

鈴姫は笑顔で一同を見まわすと、スルスルと家光に歩み寄り、声を潜めて、

「あの折の武士の一団、怪訝に思い後を尾《つ》けましたところ、思いもよらぬ屋敷に入っていきました」

「もったいぶるな、姫。早く申せ」

「なんと、紀尾井町《きおいちょう》の紀州《きしゅう》藩邸でございます」

「紀州藩邸だと！」

家光は、盃を置いて鈴姫を見かえした。

紀州藩といえば、徳川家一門、藩主の頼宣《よりのぶ》は歳はさほど家光と変わらないが、家光の叔父にあたる。

「ありえぬお話でございましょう」

「うむ……」

家光は、背筋を凍らせた。

たしかに、頼宣が自分に対して対抗意識を燃やしていることは家光も承知している。

背景にあるのは、御三家の徳川宗家への根強い不満である。

大御所徳川家康は、末永く徳川家の血が絶えることのないよう配慮し、御三家の制

度を設けた。

尾張《おわり》藩、紀州藩、水戸《みと》藩の三藩である。もし徳川宗家に世継ぎがない場合、徳川宗家に代わって二代将軍秀忠《ひでただ》の兄弟である三人の藩主に将軍位を継がせようというものである。

だが、いずれの藩主も、徳川宗家とは同格の意識が強く、強い競争心を抱き不遇に扱われると反発を募らせることが多くあった。

それも、無理からぬところではあった。

御三家の当主は、将軍秀忠とは血を分けた兄弟、現将軍家光は甥御《おいご》なのである。ことに紀州の徳川頼宣は、南海の龍の異名をとるほど武勇にすぐれ、智略に長け、いつでも徳川本家にとって替わる野心を抱いているといわれている。

頼宣についてはその剛胆ぶりを伝える逸話が残っている。

大坂夏の陣では、頼宣は先陣を希望したが、家康に却下された。これを頼宣は涙を流して悔しがった。

側近が、

「まだお若いのでこれからも幾度も機会はございましょう」

と言うと、頼宣は、

「十四歳は二度あるか」

と激怒したという。これを聞いた家康は、

「今の一言こそが一番槍である」

と褒めそやしたという。

だが、その頼宣がなぜ面体《めんてい》を隠して家光の前に現れ、旗本奴ややくざ者と争う家光の姿をじっとうかがっていたのか、その動機がわからない。

（たまたまあの場に居合わせたのか、それとも……）

家光は重く吐息し、腕を組んだ。

「徳ノ助さま、もしやあのお方があの暴れん坊どもを操っていたのでは」

鈴姫が、家光の心を見透かしたように言った。

暴れん坊とひと括りにしたが、鈴姫は〈五葉松〉のやくざ者も、旗本奴も、ともにということだろう。

「なぜそう思うな、鈴姫は」

「それは……」

鈴姫は、お京と石川の三兄弟が話しこんでいるのに安堵して、

「あのお方は、おそらく幕府のお膝元のこの江戸で騒乱を起こし、町民の間に治世の

不満を抱かせようと思うているのではないかと思われます」

声を顰《ひそ》めて囁いた。

「騒乱とはぶっそうな話だな」

「いえ、ありうることと存じます。御三家の方々も、もとより東照権現家康様の御子たちでございます。その御三家の藩主が、頭を下げる将軍は、ご自分の甥。鬱憤《うっぷん》を溜めておられるのでは」

「それは、まあそうであろうが……」

鈴姫の言い分には、家光も納得できるところもある。だが、頼宣は明らかに家光に反発以上の感情を抱いている。いや、それどころか命を狙った疑いさえあるのだ。

「いずれにしましても、ご用心に越したことはないと思います」

亜紀が、険しい眼差しを家光に向けた。

「あの旗本奴の荒くれ者どもは、〈五葉松〉の男たちの背後から現れました。紀州のご藩主が家光さまとあの旗本奴の争いを遠くから眺めていたということは、やくざ者を使って家光さまをおびき寄せ、旗本奴どもにお命を狙わせたとも考えられます」

「この娘はかわいい顔をして怖いことを言う」

家光は否定してみせたが、内心ありうる話かとも思ってみた。

「叔父甥の関係などと甘いことを考えていると、寝首をかかれるかもしれぬぞ」

お京と石川兄弟をちらりと見て、虎ノ助が家光に小声で釘を刺した。

三

その翌日、家光が遅い朝餉を済ませ、最終日を迎えた神田祭に向かおうとした矢先、

「徳さん、いるかい」

階段の下に声があって、太助が武士をひき連れて遠慮なく二階に上がってきた。

「ご免」

羽織袴に衿を正した白髪の武士が、祭の法被に袖を通した家光をうかがった。

「まずい！」

家光は慌てて背を丸めた。大久保彦左衛門である。

とっさに口から出まかせに大久保彦左衛門の分家などと口走ったため、それを聞きつけた太助が彦左衛門を連れてきたらしい。

むろん大久保家に、そのような分家があろうはずもない。

ここで彦左衛門に家光の正体を明かされてしまえば、家光はもはや〈放駒〉の居候

で居つづけることができなくなる。

「おい、太助」

家光は、そっぽを向いてすばやく太助を呼び寄せ、彦左衛門に徳ノ助は留守と伝えるよう耳打ちしたが、それも聞こえてしまったらしく、

「あ、いや。懸念にはおよばぬ」

彦左衛門は、手をあげ家光を制し、

「万事心得ておるよ。徳ノ助」

大きな声でそう叫ぶと、ごろんと刀を投げ出し、家光の横に胡座《あぐら》をかいた。

家光は苦笑いして、

「叔父上、よう参られたな」

と言って、笑みをかえした。

「太助から話は聞いたぞ、我が一の子分一心太助が危ないところを助けてくれたそうな。太助の後見役のわしから、我が甥御殿にあらためて礼を申す」

彦左衛門は冗談めいた口調で言ってから、

「太助、ちと席を外しておれ」

彦左衛門は太助に命じた。

太助が、階下に降りていくのを確かめてから、

「上様、聞きましたぞ。こたびの神田祭での抗争、相手は名うての荒くれ者ども。もしものことがあっては、天下の一大事となりかねませぬ。これより後は、けっして喧嘩の場にはお出になりませぬよう」

家光を見据《す》え、厳しい口調で言った。

「彦左、そのような心配は無用じゃ。腕達者の二人が我が警護役を務めてくれておる」

「警護役……、何者でござる？」

「花田虎ノ助、丸目亜紀の二名だ。いずれも先年の御前試合を勝ち抜いた天下無双の武芸者。旗本奴であれ南蛮帰りの浪人者であれ、ものの数ではない」

「しかしながら……」

彦左衛門は、うかがうように家光を見かえすと、

「彦左、そなた、歳を取りいささか心配性となったな」

「いやいや。太助から話を聞いておりますぞ。南蛮帰りの浪人者の仲間には、怪しき剣法を遣う者もあったとか。危ういところを立花十郎左衛門に助けられたそうではござりませぬか」

「なに、次は不覚を取らぬ」

「いいえ、ご心配はご無用です。ご老人」

彦左衛門の背後で、女の声があった。

鈴姫がいつの間にか畳に膝をつき、いざるようにして二階に上がりこみ、二人の話にこっそり聞き耳を立てていたのである。

「猫のようなまねをするな、鈴姫。いつ二階に上がって来いと申した」

「あたくしに隠し事でござりますか。竹千代さま、悲しうございます」

鈴姫は、ベソをかいてうつむいた。

「はて、そなたは」

彦左衛門が、目を剝いて鈴姫を見かえした。

「立花十郎左衛門の妹で、鈴姫じゃ」

「おお、おまえか。噂に高いじゃじゃ馬姫じゃな。十郎左とは久しく会えておらぬが、旗本奴と称して男伊達を気取り、町を練り歩いておるそうな。困った男じゃ」

鈴姫は、上目づかいに彦左衛門を見て薄笑いをした。

「それにしても、なぜ大丈夫と申す」

「あの二人の剣の腕は無双。天下に剣の達人はあまたおられようと、おそらく十指に入る方々でございます。二人おれば、妙な念術など通じますまい。それに、いざとなればこの私がついておりますれば、弓で撃退いたします」

「彦左、この姫はな、町のやくざ者をさんざんに蹴散らしたのだ」

家光が、にやにや笑いながら彦左衛門に鈴姫を紹介した。

「弓の名手でござるか」

彦左は、前日の鈴姫の武勇伝に相好《そうごう》を崩した。

「されば、いまひとつ気がかりなことがござります。町民の暮らしにご興味がおありであれば、この点を見ていただきとうござる。江戸の民は、いま旗本奴と町奴の対立に手を焼いております。上様としては、この対立を鎮めるようはたらいていただかねばなりませぬ。これは、放置しておればいずれご政道にもさしさわりがございましょう」

「むろんのことだ」

家光は苦い顔で彦左衛門を見かえした。

「よろしいか、家光殿。背景には、ここ数十年の間に主家を失った浪人の群がございます」

彦左衛門は居住まいを正すと、白扇を立てて家光に説教を始めた。

彦左衛門の言うところでは、関ヶ原の合戦で敗れた西方の緒大名は多くが取り潰され、大量の浪人が生まれている。また大坂の役の後、幕府は豊臣縁《ゆかり》の加藤《かとう》家、福島《ふくしま》家などの大大名を取り潰したため、さらに大量の浪人が地に溢れているという。

「なんとかせねばならぬな」

家光は、彦左衛門を見かえし重い吐息をついた。

「それらの勢力が、何者かの勢力によって統合され反旗を翻せば、幕府にとっても大きな脅威となりましょう」

「ならば、じいはどのような策があるという」

「まずは、仕官の道を斡旋してやることが肝要かと」

「しかし、もはや大名家は増やせぬ」

「されば、幕府でお抱えを」

彦左衛門は厳しい目で家光を見つめた。

「それは無理だ。もはやその者らを食わしてやるだけの金が幕府の金蔵にはない」

「さようか。難しうございますか」

彦左衛門は重く吐息した。

「町奴と申しましても、実態は浪人者が大半、浪人者が続々と町奴のなかに流れこんできておるのでござります。この対立は勝者の側の徳川家の旗本への怨恨にも根ざしておりましょう。されば、いちど旗本奴、町奴双方の声をお聞きになるのがよろしゅうございましょう。それに旗本奴はいずれも徳川家の直臣《じきしん》にござります」

「それはよい。どうしたら会えような」

「はて、いっそのこと、この姫の兄に頼んでみるのもよろしいかと」

「立花十郎左衛門か」

「さよう」

「鈴姫、十郎左に頼めば旗本奴を集められようか」

「きっと、喜んで取りはからいましょう」

「それでは、こう申してくれ。旗本奴と町奴の睨み合いで、迷惑を被るのは町衆。それゆえ三日ほどの後の吉日、ぜひ余が両者を仲介したいので、谷中天王寺《やなかてんのうじ》に三つに参られたしと旗本奴に声をかけてくれと」

「承知いたしました」

「されば、町奴の代表としてお角どのの兄白神権兵衛殿、放駒助五郎殿にも来てもらおう」

「よいお考え。町奴と旗本奴が積年の恨みを忘れて仲直りができれば、江戸市中もだいぶ安静になりましょう」

「三日の後、三つに谷中天王寺でございますね」

鈴姫は、家光のためにはたらけるのがよほど嬉しいのか、小躍りして階段を駈け降りていった。

## 四

それから三日後の昼過ぎ、お角の火打ち石で送り出された家光と放駒助五郎、義兄の白神権兵衛、さらには虎ノ助と、亜紀の五人は、町駕籠を連ねて谷中の名刹《めいさつ》天王寺へと向かった。

家光は黒羽二重の着流し姿、助五郎と権兵衛は紋服に威儀を正し、虎ノ助は背に大虎を染め抜いた派手な陣羽織、亜紀は男装の小袖に革袴と、端から見ればなんとも色とりどりの奇妙な一行である。

お角の兄白神権兵衛は徳ノ助を家光と知ってか、すっかり恐縮しておとなしくしている。家光は、緊張をほぐしてやろうとたびたび声をかけてやった。

伝教大師《でんぎようだいし》作の毘沙門天《びしやもんてん》を安置するこの寺だが、妙なことに開祖は日蓮宗《にちれんしゆう》宗祖上《しゆうそしよう》人《にん》で、宗派は日蓮宗《にちれんしゅう》である。

寺領は広大なもので、仁王門を潜れば参道が遥か彼方までつづいている。五人は肩を並べて参道をすすみ、やがて右手に、後に幸田露伴《こうだろはん》が小説に描いた五重の塔が見えてくると家光はふと歩を休めた。

上空を雲雀《ひばり》が高く舞っている。

目黒不動、湯島天神とともに「江戸の三富《とみ》」として盛大な富籤《とみくじ》興行が行われるようになるのはこれより後の五代将軍綱吉《つなよし》の頃であるが、人気の水茶屋はもう開かれおり、江戸屈指の大寺院として江戸市民に愛されるようになっていた。

旗本奴三組と町奴の会合が開かれる水茶屋「鍵屋《かぎや》」は、この五重の塔の手前を左に折れたところのこんもりした杜《もり》のなかで、江戸じゅうに話題の愛嬌娘を多数置き評判となっていたが、今日は旗本奴の貸し切りである。

家光らを出迎えたのは、立花十郎左衛門の神祇赤鞘組三人と、数日前藤次の屋台の前で争った荒神組の三人であった。

よほど言い含められているのだろう、荒神組の旗本奴は家光と亜紀に一瞬憎々しげな目を走らせたものの、怒りをぐっと堪え、固い表情で五人を店のなかに導いた。

日頃は紅葉狩りの客で賑わう店内も、今日だけは貸し切りということで客は他になく、三組の旗本奴以外人影もない。

　およそ三十畳ほどの大広間には、すでに酒膳がずらりと据えられ、その前に三組の奴組がそれぞれ十名ほど三々五々着座していた。

　中央には、立花十郎左衛門を中心に神祇赤鞘組が座し、左袖には二組の旗本奴荒神組と大熊組がずらりと控え、右袖は町奴の座で空いている。

　左袖の二組が、白神権兵衛と放駒助五郎を憎々しげに睨みつけた。

「皆の衆、ようおいでなさった」

　立花十郎左衛門が、左右交互に首を傾げて重々しく挨拶した。

「旗本奴と町奴は、たがいに任俠を競い合ってきたが、同じ任俠に生きる者同士、角つき合わせるのもどうだろう」

　十郎左衛門の言葉をよそに、両袖の面々が火花を散らす。

　家光の対面は、神祇組の羽織を着た貫禄のある眉の太い顎の張った男である。

「それにな、双方が争いあえば迷惑をこうむるのは町衆だ。強きをくじき、弱きを助ける任俠の者が、町衆に迷惑をかけたんでは男がすたるんじゃああるめえか」

　大熊組の数人が、立花十郎左衛門の言葉にうなずいた。

「そこで、ここらあたりで仲直りをと思い、このおれが声をかけたら、荒神組、大熊組、それに白神、放駒の親分衆に賛同してもらえた。伝え聞くところ、幕府のお偉方も、せんだっての神田明神の争いにはひどく心をいためておられたそうだ。どうだろうねえ、この喧嘩、そろそろと手仕舞にしてもらうわけにはいかねえもんかね」

立花十郎左衛門が、荒神組と大熊組、神祇組のそれぞれに顔を向けた。

「立花の。こちとらは、もともと争う気なんぞありゃしねえ」

放駒の助五郎が、十郎左衛門に野太い声で応じた。

「どうかねえ。そりゃ、ちと話がちがおう。こっちはそもそも喧嘩なんぞする気はハナからねえ。神田大祭でうちの若いもんにからんできたのは、放駒の辻医者だったっていうじゃねえか」

荒神辰五郎が憤然として言った。

「そりゃア、ちがう。うちの口入れ屋の者に妙な難癖をつけてきたのはそっちだ。うちの藤次が、虫歯にまだ手も触れねえうちから騒ぎだしたという」

「なんだと」

荒神辰五郎が、片膝を立てて肩をいからせた。

「まあ、待ちなよ。せっかく仲直りに来たのに、ここでまた喧嘩を始めたんじゃ、なんのために集まってもらったのかわけがわからねえ。お互い言い分はあろうが、これまでの経緯はともかく、すべてを忘れてきれいに水に流そうじゃないか」

立花十郎左衛門が、荒神辰五郎に向かって言うと、

「まあそれはいいが」

ふてくされたように応じた。

「ところで、この酒は誰の酒だ」

放駒助五郎が、不機嫌そうに訊ねた。

「大熊組の方で用意したそうだ」

立花十郎左衛門が言った。

「おまえのかい」

助五郎は、大熊鉄五郎《てつごろう》を見てちょっと顔を歪めてみせたが、

「まあ、しかたねえ」

膝をたたいて退きさがった。

「なんでえ、うちが用意したのなら飲めねえってのかい」

こんどは、大熊鉄五郎が口を尖らせた。

「まあ、まあ」

十郎左衛門が両手を広げて、立ち上がった大熊鉄五郎と荒神辰五郎を抑えた。

「で、料理は」

助五郎が訊ねると、

「〈五葉松〉の万段兵衛さんのところの差し入れだ」

十郎左衛門が応じた。

「なんだと」

「まあ、そうむきにならなくたって」

大熊鉄五郎が苦笑いして手を上げ、助五郎をなだめた。

「上様、これは……」

隣席の亜紀が、訝しげに家光の耳もとで呟いた。

「まあ、よい」

家光が亜紀を見かえした。

女たちが、盆に大徳利を乗せて運んでくる。若い器量よしを大勢置いているというだけに、いずれもきびきびとした若い小女だ。

「まあ、なにもないが、うちは魚河岸の波越伝兵衛さんのところの手伝いをしているもんでな。活きのいい魚が手に入る。ここは茶屋なんで、料理人は波越さんに手配してもらった。酒は下《くだ》りものの灘《なだ》の生一本《きいっぽん》、せいぜい愉しんでいってくだせえ」

〈五葉松〉の万段兵衛が顔をほころばせ、放駒の一行を見まわすと、

「皆さん、盃を上げてくだせえ。今日をかぎりに旗本奴と町奴は古い因縁は水に流して、任侠のために手を組む。これで手打ちといたしやしょう」

立花十郎左衛門が盃を高く掲げて声を高めると、

「そっちがその気なら、こちとらに異論はねえ」

白神権兵衛が、応じて語気を強めた。

一同手締めをして、互いに会釈をし盃を傾けると、立花十郎左衛門が荒神辰五郎に向かって、

「こうして盃は交わしたが、旗本奴、町奴の積年の恨みは深え。どうだろうね。もう少し話を詰めて誓いあい、後々もめねえようにしようじゃねえか」

「誓いだと」

荒神辰五郎が意外な顔をした。

「ああ、そうだよ。こいつを見てくれ」

十郎左衛門が、懐から毘沙門天の仏画を取り出し、一同の前に広げた。

「この毘沙門様の前で、誓詞血判を交わそうってわけだ。どうだい」

立花十郎左衛門が、両袖の面々を見わたした。

「なんでえ、おれっちが約定《やくじょう》をたがえるとでも思っていやがるのか」

荒神辰五郎が、口をとがらせた。

「気に障ったらすまねえ。だが、口約束じゃすぐに忘れる。やっぱり盟約のようなものが必要なんじゃないかい」

十郎左衛門が、さらに食いさがった。

「そんなものいらねえよ」

今度は、部屋の隅に座っていた〈五葉松〉の万段兵衛がつっぱねた。

「盟約も交わせねえというのなら、和解するつもりはハナからなかったと思われてもしかたねえが、どうだ」

腕を組み、遣りとりを聞いていた家光が初めて口を開いた。

「なんだと」

荒神組の荒神辰五郎が、三白眼《さんぱくがん》をぎらりと光らせた。

「おめえは」

「私はそなたらと同じ旗本で葵徳ノ助と申す。旗本奴の心意気は同じだ。今日の誓いを永遠のものとするなら、拒む理由はないと思うが」

「血判だ、盟約だとうるせえなあ。今日は立花十郎左衛門が、うるせえからつきあったまでだ。そんなことなら、帰るぜ」

「なんだと」

立花十郎左衛門が、カッとして立ち上がった。

「おい、十郎左衛門、おめえ、聞いた話じゃ、波越の用心棒に、手荒な真似をしたっていうじゃねえか」

座敷の脇で話を聞いた口入れ屋〈五葉松〉の万段兵衛が、前のめりになって十郎左衛門を睨みつけた。

「知らねえな。町辻で町衆が浪人にからまれていたんで、侠気を出して助けたまで、誰のところの用心棒だろうと、知ったこっちゃねえ」

とその時、吸い物椀に口をつけたばかりの白神権兵衛が、いきなりがくりとからだを傾け吸い物椀を取り落とした。

「兄イ、どうした！」

放駒助五郎が、驚いて義兄を抱え上げた。

「なんだか手が……、体じゅうが痺《しび》れてきやがった」

権兵衛の唇がわなわなと震え、手足が麻痺したかのように動かない。

「声も、なんだか出ねえよ……」

権兵衛が、頼りない声で義弟の助五郎を見かえした。

「こりゃ、河豚《ふぐ》の毒だ」

「上様！」

亜紀が、いきなり吸い物碗を取った家光の手を押さえた。

助五郎が権兵衛を抱え起こすと、

「これを飲め」

家光が、印籠《いんろう》から毒消しの丸薬を取り出し、権兵衛の口に含ませた。

神祇組が、いっせいに席を立って家光ら町奴の背後を固めた。

「てめえら、謀ったな」

立花十郎左衛門が、荒神辰五郎と大熊鉄五郎を睨みすえた。

「おれたちゃ知らねえぜ。波越のところでやったんだろう。だが、今となっちゃ同じこった。野郎ども、殺《や》っちまえ」

荒神辰五郎が仲間の旗本奴に声をかけると、ざっと二十名の男たちが、いっせいに白刃を鞘走らせた。

「おめえ、兄弟の契りを結んだ同じ神祇赤鞘組を裏切る気かい」

立花十郎左衛門が、荒神辰五郎に怒声をあびせた。

「うるせえ。てめえは魚河岸じゃあ相模屋と組み、波越の仕事を邪魔ばかりしてきやがった。しょせん、おめえなんぞは味方じゃねえ」

「そうかい。よくわかった。そっちは」

十郎左衛門が大熊鉄五郎に問いかけた。

「てめえ、旗本奴の頭《かしら》みてえなでけえ口をきくんじゃねえ。今じゃ、旗本奴といやあ、荒神辰五郎の兄いだ。てめえの出る幕なんざ、もうねえんだよ。さっさと地獄に落ちやがれ」

そう叫ぶと、大熊鉄五郎は真っ向上段から十郎左衛門に斬りかかった。

その刃をがっしりと受けとめ、弾きかえすと、

「徳ノ助様、危のうござる」

十郎左衛門が叫んだ。

「なに、大丈夫だ」

荒神組の男たちが、バラバラと家光の前に広がった。

ひとり手酌で酒をくらっていた虎ノ助が、おもむろに盃を投げ捨て、大刀を抜きはらった。

「面白い。束になってかかってこい」

虎ノ助の勢いに飲まれたか、旗本奴がわっと退く。

「こちらに」

亜紀が、家光を店の外に先導していく。権兵衛の肩をかかえた助五郎がそれにつづいた。

と、店の外に飛び出した家光を、どこで待ちうけていたのか、陽に焼けた浅黒い肌の男たちがバラバラと囲んだ。

浪越の南蛮帰りの素浪人どもらしい。

その数、ざっと二十名――。

家光は、すばやく抜刀した。

「ご用心を」

亜紀が家光の前にまわって、中段に構える。

「亜紀、こ奴らには飛び道具がある。気をつけろ」

そう言い終わる間もなく、四方から飛来する分銅《ふんどう》が家光と亜紀に浴びせかかった。

それを体を沈めて避け、刀で弾きかえす。

「ご助勢ッ！」

旗本奴を追っ払った花田虎ノ助が、素浪人の群に横から割って入った。

みるみる至近距離に迫り寄る虎ノ助に、素浪人は慌てて分銅を投げ捨て抜刀するが、虎ノ助の刀は鋭く素早い。瞬く間に、五人の素浪人が斬り倒された。

小野派一刀流一文字の太刀である。

十郎左衛門ら神祇赤鞘組はと見れば、劣勢ながらよく荒神組、大熊組を相手に奮戦している。

「徳ノ助、新手《あらて》が来たぞ」

虎ノ助が本堂の方角を指さして叫んだ。

面体《めんてい》を宗十郎頭巾で覆った紋服の一団がおよそ三十名ほど、抜き身をひっさげ怒濤のように押し寄せてくる。浅葱裏《あさぎうら》の田舎侍を装っているが、足の速さからみて忍びの一隊と家光は見た。

「われらが、ここは防ぎまする。上様は、ひとまずここはお退きくだされませ」

虎ノ助が言った。

「なんの、あれを見よ」

家光が顎で示した視線の彼方、捕り方らしい一群が、刺股《さすまた》、袖絡《そでがらみ》、突棒《つくぼう》など、とりどりの得物《えもの》を抱え、仁王門を越えてこちらに向かってくる。

「寺社奉行安藤重長《あんどうしげなが》の手の者だ」

「いつの間に」

虎ノ助が、意外そうに家光を見かえした。

「彦左衛門への書状を太助に託しておいた。彦左が寺社奉行所に通報してくれたのであろう」

「間に合ってようございましたな。それにしてもあの者らは」

亜紀が、本堂方向から迫り来る覆面の一団を睨み、顎でしゃくった。

「あれは、神田明神で我らの争いを遠くから見ていた忍びの者らだ」

「されば、紀州の……」

「うむ。南海の龍が、いよいよ牙を剝いてきたのだ」

隊列の背後で数人の男たちを控え、じっとこちらをうかがっている男がいる。総髪を肩まで垂らし黒の陣羽織を風にそよがせていた。

「あれは、紀州藩きっての軍師名取三十郎《なとりさんじゅうろう》ではござらぬか」

花田虎ノ助が、家光に並びかけて耳うちした。

その名は家光も聞いた覚えがある。

甲州武田《たけだ》家に仕えた名取正俊《なとりまさとし》を流祖とする名取流を継ぎ、さらに甲州流の忍術緒流派を受け継ぎ、「紀州流忍術」なるものを再編成しているとも言われ、藩主徳川頼宣の信任があつい。

野心家頼宣の求めにより、武田流の兵術をすべて書にして伝えたとも言われており、幕閣のなかには警戒をする者も多い。

「見よ。あの者ら。去っていくぞ」

前方、名取に率いられた一団が、前方に捕り方の一団を確認し、いち早く撤退していく。

「さすがに紀州忍者、脚は速い」

「それにしても、思いもよらぬ敵が現れましたな」

虎ノ助が、血振りして刀を納めた。

「しかしながら、なぜここでの集会を知っていたのでございましょうな」

虎ノ助が、訝しげに首をかしげた。

「すべてがつながっているのであろうよ」

「すべて、と申されますと……」

「うむ。旗本奴荒神組、口入れ屋〈五葉松〉、魚河岸の黒幕波越伝兵衛、そして南海の龍徳川頼宣だ」

「そのような……」

背後で、亜紀が茫然と声を発した。

「それは、ありえますまいな」

虎ノ助が、家光を見かえしていた。

「いずれにしても、今日はいろいろと収穫があった」

家光は、やがて小さくなって去っていく前方の一団をもういちど睨み据《す》え、不敵にうそぶくのであった。

# 第四章　佃《つくだ》の鬼火

## 一

昼過ぎ、花川戸の土手をぶらりと散策し〈放駒〉にもどる途中、家光が裏木戸のあたりでなにやら賑やかな三味線の音を耳にした。

（あれはお京か……）

お京の三味線は、神田明神の大祭でさんざんに音を合わせたので、その勢いのある力強いバチさばきが家光の耳にしっかり残っている。

二丁の三味線が同じ節まわしを繰り返し奏でているところをみると、どうやら相方はお弟子さんらしい。

三味線の音に驚いたのか飛び出してきた野良猫を抱え上げ、頭を撫でてやると、

「徳さん、こんなところでなにしているんだい」

背後から、一心太助が声をかけてきた。

棒手振り稼業から、今もどってきたところらしい。天秤の盤台のなかには、まだだいぶ魚が売れ残っている。

「どうだね、商売は」

家光が、太助のうかない横顔をうかがった。

「いけねえよ。浪越の連中がいいところは全部かっさらっていくんだ。奴らに比べると、こちとらは高いうえにろくでもねえ魚しか仕入れられねえ。これじゃ、勝負にならねえよ」

「それは困ったものだな」

猫が魚を狙っているので、遠くに放つと、

「おめえのところは、いいものばかりを置いているって言われるのが嬉しくて、この商売をつづけてきたようなもんだ。まったく泣くに泣けねえよ。それでも買ってくれる人は、今のおれにとっちゃ神様みてえなもんさ」

太助は情けなさそうに言った。

「きっと、しばらくの間は儲けなしで売り捌いて、古くからの棒手振りが潰れたところを見はからって高値にするのであろうな」

家光は、そう言って顎を撫でた。

「魚が贅沢品になっちゃ、おしめえよ。なんとかしなくちゃ」

太助は、肩を落としてひとしきりこぼすと、

「それより徳さん、これからお京さんのところかい?」

にやりと笑って、家光の顔を覗きこんだ。太助は家光とお京がとっくにいい仲になっていると思っているらしい。

「なに、用心棒稼業といっても、結構暇なもんだ。〈五葉松〉だって、そうそう喧嘩をふっかけてくるわけではない。じっと店に控えてお角さんの淹れてくれた茶ばかり飲んでいても体がなまる。散歩帰りにお京のところにでも寄ってみようと思ったところだ」

「それで徳さん……」

太助が、探るように家光を見た。

「なんだ」

「お京姐さんをどうするつもりなんだい」

「どうというと?」

「お京さんがかわいそうだぜ。ご側室にでもしてあげたら」

「おいおい。おれは貧乏旗本の次男坊だ。そんな甲斐性があると思っているのか」

「そういうもんですかい……」

むろん、お京に悪い気はしてはいないが、といって我こそはと名乗りをあげてしまえば、家光の正体が明るみに出て、今の気楽な立場が元も子もなくなる。たしかに、身勝手ではあるが、お京との関係をこれ以上先にすすめる気にはなれないのである。

「ありゃ、きっと田辺《たなべ》の旦那だな」

太助は、ふと三味線の音に耳を傾けてからきっぱりと言った。

「知りあいかい」

「おれが親しくしてもらっている魚河岸《うおがし》の仲買人さんだ。三味線を習いたいって言ってたんで、お京姐さんを紹介してやったのさ。それにしても、下手《へた》だねえ」

家光も、苦笑いした。ずぶの素人らしい。音取りもまだ上手《うま》くできず、音程がひどく乱れている。

「五日に一度ほど通いなさるって言っていたが、毎日のように来てるよ」

太助は、にやにやしている。

「ありゃ、三味線よりお京さん目当てになっちまってるよ」

長屋住まいのお師匠さんには、往々にして鼻の下の長い男たちが下心《したごころ》を抱いて習いに来る、と家光も話に聞いている。

「お京はもてるのだな」

「あれでね。焼けるかい」

「なに、おれとお京はなんでもないよ」

「ちょうどいい。徳さんに、田辺の旦那を紹介しておこう。魚河岸のことは、おれなんかよりずっと詳しい。魚河岸の事情を、聞いてやっておくれな。田辺さんも、徳さんのような頼もしい人に相談に乗ってもらいたいだろう」

二人して長屋のどぶ板を踏みしめ、糸瓜棚《へちまだな》の脇のお京の家までくると、三味の音がふとやんだ。どうやらひと休みというところらしい。

「お京さん、いるかい」

太助がお京の家の腰高障子《こしだかしょうじ》を半分開けた。お京は頭の薄くなった弟子のために、茶を淹れているところだった。

初老の男が、こちらに顔を向けている。地蔵のようなおだやかな顔の人で、頭に宗《そう》匠頭巾《しょうずきん》を乗せ、いかにも趣味を楽しむご隠居といったふぜいである。

「親方、精が出るねえ」

太助が声をかけると、田辺翁は手拭いで額の汗を拭きながら、

「いやァ、年寄の冷や水だよ。さっぱり上手くならない」

大袈裟に嘆いてみせた。

「なにをおっしゃいます。お上手になってますよ。真面目《まじめ》なお人柄だから、しっかり下稽古も積んで来られるし」

お京も、なかなか商売上手な口をきく。太助が家光を波越の荒くれたちと派手な立廻りをした人と紹介すると、

「ほんまでっか」

といきなり驚いた声を出した。急に難波《なにわ》言葉になっている。

「さあさあ、上がっておくんなはれ」

田辺は、自分の家のように家光を招き入れた。

このところ、この田辺善左衛門《ぜんざえもん》などの仲買商や、その元締めの相模屋などの魚問屋はすっかり波越伝兵衛に押されて劣勢で、苦い思いばかりをしていたところなので、その連中を家光が派手にたたきのめしたと聞いて、田辺翁は手を打って喜んだ。

「連中をたたきのめしたこの葵徳ノ助さまはね、男一匹、足柄山の金太郎みたいな人なんだから」

お京も、にやにやしながら徳ノ助を持ち上げる。

それにしても家光が意外だったのは、男気あふれる魚河岸の仲買人が、難波言葉を使ったことであった。

「徳さん、きょとんとしているね。田辺さんの難波言葉に驚いているんじゃないのかい」

面白そうに笑って、太助がその理由を説明した。

「その昔、魚河岸を開いたのは東照大権現徳川家康公に江戸湾の漁業権を与えてもらった摂津佃島の漁師だってことは前に話したね」

「ああ、聞いたことがあるよ」

「それから、江戸の町がしだいに繁栄してきて、人の数も増えてくると、この佃島の漁師の縁者が摂津からどっと入りこんできて、網元や仲買商を始めたのさ」

それで、魚河岸ではたらく者の大多数は難波の者だというのである。

「ところが、今じゃ、様変わりしてます」

田辺翁はそう言って、茶碗を持つ手を休めて嘆いてみせた。

波越伝兵衛が着々と魚河岸の株を買い取り、勢力を拡大しているので、これまでの佃島以来の勢力は隅に押しやられ、今や青息吐息という。

「それは東照大権現もお嘆きであろうな」

家光は、お京の淹れてくれた茶をゆっくりと啜った。

江戸幕府の立役者である大御所徳川家康は祖父にあたり、家光は父秀忠以上に尊敬している。父秀忠と母お江が家光の弟の忠長を三代将軍に選定しようとしたとき、待ったをかけてくれたのは祖父家康であった。

（これは、なんとかせねば……）

祖父の志をないがしろにしないためにも、家光は本気でそう思うのであった。

「そう言えば、佃煮《つくだに》、うちにもあったよ」

お京が、ふと思い出して手を打った。

「佃煮……？」

家光は小首を傾げた。そのようなものはまだ食べたことがない。

「あら、徳さん、佃煮を知らないのかい？」

お京が、太助と顔を合わせて笑った。

江戸者で佃煮を知らない者があろうとは、お京は思いもよらないらしい。

佃煮は、江戸湾の漁業権を与えられた摂津佃島の漁師が考案したもので、小魚や昆布を甘辛く醬油《しょうゆ》で煮こんで保存食としたものだが、このところ江戸の町民の間に広まりつつあり、お京も茶漬けなどに乗せて気軽に食べているという。

「お京さん、葵様に食べていただこうよ」

田辺翁に促され、お京が茶漬けの上に水屋から小鉢に残っていた佃煮を乗せて徳ノ助に差し出すと、

「その佃煮、わいの知りあいがつくったもんや」

田辺善左衛門が、また難波言葉で得意気に言った。

「へえ、田辺さんのお知りあいかね」

太助も知らなかったらしい。

「面白い人やで。いろんなことを思いつく。今は漁よりも佃煮に凝って、大きな鍋を幾つも並べていろんな佃煮を煮てはるわ。こんどお師匠はんのところにも持ってくるさかい、楽しみに待っていてや」

田辺翁は、佃煮がウケて上機嫌である。

「徳ノ助はんも。佃煮が気に入ったんやったら、いっぺん佃島に遊びに来いはったらえええ」

「ほう、案内してくださるのか」

家光は、目を輝かせで田辺翁を見かえした。

佃島は、家光もおおいに興味がある。だが、その昔祖父家康が佃島の漁民に租税《そぜい》を免除し、島の管理をいっさい任せたため、じつのところ島の内情は家光も承知していない、佃島は、いわば江戸の秘境なのであった。

つい数年前までは、島民に江戸湾周辺の警備まで任せていたのが、漁民に江戸湾の管理まで託すのは問題ということで、向井将監《むかいしょうげん》を海賊奉行に任命し、代わりに島民に鉄砲洲の干潟百間四方を与えて漁業に当たらせることにした。

漁民はその干潟に故郷の佃島の名を与え、造成工事を始めている。

とはいえ、大きな島ひとつを無から造りあげるのだから、道のりは遠い。完成はまだだいぶ先で、これから田辺翁が家光を案内するのはその造成している島の南の森島であるという。その森島に、その昔摂津佃島から移ってきた森氏の一族石川重次《いしかわしげつぐ》が居を構えていると石川翁は言った。

「そいつはいい。おれもいちど行ったことがあるから、徳さんの道案内くらいできるぜ」

太助は、ぜひにもと家光を誘った。

「石川はんも、きっと徳ノ助はんのようなお方は力になってほしいはずや。葵様、お頼もうします」

田辺翁は、居住まいを正して家光に丁重に頭を下げた。

「よし。そうと決まったら、招待状を書いたろう」

田辺善左衛門翁は見かけによらず気が早い。

「佃の長老はみな森の一族や。そやけど、今はそのうちのほとんどのモンに波越の息がかかってしもうてな。皆、波越と組んで手広く商いをやっていく生き方や。漁師も、どんどん外から入れとる」

田辺善左衛門は、苦々しげにいった。

「とはいうても、ろくに漁のことも知らん連中や」

「ほう」

家光が太助と顔を見あわせた。

「なかには琉球あたりから来たとかいう、ずいぶん陽に焼けた人もおる」

「陽に焼けている……?」

「そいつら、魚河岸の方にもちょくちょく顔を出して、昔からの商人とも争いを起こすようになっとる」

「その者ら、いったい何処から来るのであろう」

家光が首を傾げると、

「詳しいことはようわかりまへん。近頃は、沖に妙な灯りがいくつも現れるようになった、という話もあります」

「妙な灯り……？」

「沖合に、いくつもの灯りが浮かんでは消えるというんや」

「船の灯りじゃないのかい、田辺さん」

太助が、怪訝そうに首を傾げた。

「たぶん、そうやろう。しかし、船が島に近づくことはないちゅう話や」

「今も、その灯りは島から見られるのかい」

お京が訊いた。

「見えるらしい。島の連中は、気味悪がって〈鬼火〉言うとる」

「鬼火か」

家光は低く唸った。

「陽に焼けた漁師が来るようになったんも、灯りが点るようになってから、ちゅう話もある」

太助が自信ありげに言った。

「そりゃぁもうまちがいないぜ。その灯りは船で、こっそり島に人を送りこんでるんだぜ」

「それにしてもちょっと心配だね。その島が、もう波越の手に落ちているんだとしたら、そんなところに徳さんがのこのこ出かけていったら、袋だたきにあっちまうよ」

そう言いながら、お京がおかわりの佃煮の茶漬けを家光に差し出した。

「大丈夫や。石川はんのところは、他の森一族の屋敷からはずっと離れとる。島の西から上陸すれば、見つかる心配はまずはないやろう。出迎えをよこすように伝えておくで」

田辺善左衛門は、すっかり話に乗り気のようである。

「でも、心配だよ。虎ノ助さんと亜紀さんも一緒に連れて行くといいよ」

お京が徳ノ助のことをしきりに心配すると、田辺翁はやけるのか、ちょっと苦い顔をした。

家光はそんな田辺翁にはおかまいなく、

——ぜひもう一杯。

と茶碗を突き出した。これで三杯めである。

佃煮のお茶漬けが、家光はおおいに気に入ってしまったのであった。

「さよか。佃煮の土産も用意させるよってに」

田辺善左衛門も、またすぐに気をとりなおして上機嫌になった。

二

その翌日、このところちょっとやみつきになった朝湯を浴びての帰り道、家光は唐突に丸目亜紀から一通の書き付を受け取った。

届けてきたのは、奇妙なことに小平次《こへいじ》と名乗る岡っ引きであった。

――徳ノ助さんに読んでいただきてえんで。

妙に丁寧な口調でそう言い置くと、岡っ引きの小平次は足早に去っていった。

小さくたたんだ書き付を開いてみると、女らしいたおやかな筆跡で、

――ぜひにもご紹介いたしたきお方がございます。内々のことゆえ、大変ご無礼とは存じますが、我が家までご足労をいただけましょうか。

とある。将軍家光と知って、それでも自宅に呼び寄せるのであるから、よほどの事情がありそうであった。

別紙に、亜紀の家の所番地と絵地図が記されている。

（妙だな……）

家光が首をかしげながら〈放駒〉の暖簾を潜り、もういちど書き付に目を通していると、

「おや、徳さん。恋文ですか。お安くありませんねえ」

お角が、めずらしく冗談を言いながら微笑みかけた。

「いや、そういうわけではないのだが……」

そう言ってまた書き付に目をもどしたが、あらためて先刻のことを思い出してみると、なぜ書き付を岡っ引きが届けてきたか、家光にはわけがわからなかった。

昼餉《ひるげ》をすませ、ぶらり浅草聖天町《しょうでんちょう》まで町駕籠で足を伸ばし、駄賃を弾んで駕籠かきを返すと、家光はぐるりとあたりを見まわした。

（ほう）

浅草寺から数丁離れた閑静な一角で、ずらりと瀟洒《しょうしゃ》な町家が立ち並んでいる。こんなところに一人で出没するなどとは、家光もつい一月《ひとつき》前には考えてもみなかったことである。

「我ながら、気儘な忍び歩きが板についてきたものだ」

そう思えば笑みがこぼれてくる。

一軒の町家の格子戸前に、いかめしい面体の町方与力が数人、手持ち無沙汰に通り

を眺めている。その手前に立派な駕籠が留まっていた。

(誰が来ているのであろうか……)

家の前まで近づいてみると、

「ご無礼。どちらに向かわれる」

無表情な面体の与力が、言葉は丁重だが、居丈高《いたけだか》に家光に誰何《すいか》した。

「丸目亜紀殿のもとに参る」

うるさい奴、とつっけんどんに言い捨てると、

「あっ、これは」

与力が、がらりとあらたまった口調になり、

「こちらでございまする」

家光を丁重に亜紀の家の玄関まで案内した。

やはり、駕籠の武士が訪ねている町家らしい。

「亜紀どのはおられるか――」

玄関を開け大きな声を放つと、奥から亜紀がしずしずと現れ、

「よくお越しくだされました」

家光を、いつもとはちがう口ぶりで出迎えた。

「どうしたのだ」

家光は、苦笑いして家のなかを見まわした。

土間の向こうは、すぐに小さな道場になっているらしい。だが、がらんとしたその道場に人の影はない。

さらにその向こうに、小綺麗にととのえられた六畳ほどの部屋が見えており、そこに紋服姿の恰幅のよい武士が固い表情で立ち、家光を出迎えていた。

「甚十郎《じんじゆうろう》ではないか！」

家光もよく知る南町奉行加賀爪忠澄《かがづめただすみ》、通称甚十郎である。

大坂の陣で勲功を立て、目付を経て南町奉行と成って久しい。長崎に入港禁止のマカオ船が漂着した折、これを目撃して火砲を放ったという武勇伝がつとに知られている。

「だが、なにゆえにこ奴がここに」

家光は、訝しげに亜紀を見かえした。

「お奉行をお招きしたわけは、後々ご説明いたします。手狭なところではございますが、まずはこちらに」

亜紀が、家光を奥に招き入れた。

同じ女人の部屋とはいえ、九尺二間のお京の長屋住まいとはずいぶんたたずまいがちがっている。

こちらは、女らしく部屋を飾り立てる趣味はなく、女の匂いをまるで感じさせない武家風の簡素な一部屋で、一見男やもめの寓居《ぐうきょ》のようである。

刀の下げ緒を解き、ゆるりと座布団に腰を下ろした家光を、亜紀は茶と茶菓子でもてなすと、あらためて居住まいを正して平伏し、

「じつは、加賀爪様には、前々よりご懇意にさせていただいておるのでございます」

と、南町奉行との関係を家光に説いて聞かせた。

「ほう」

家光が驚いて加賀爪忠澄を見かえすと、

「じつは、こちら丸目亜紀殿は女ながら剣の達人。二刀を差し、黒縮緬の羽織、お屋敷風の笄《こうがい》分けの髪型で浅草界隈を闊歩されるゆえ、界隈で評判になりましてな。旗本奴に絡まれ、たびたび争いとなりました。与力が呼び寄せ、事情をお尋ねしたところ、これが高名な兵法家タイ斜流丸目蔵人殿のお孫様にて、江戸にタイ斜流を広めるためこの地に道場を開いているとのことではございませぬか。なかなか見上げた心がけゆえ、たびたび役宅に招いて剣談を交わすうちに、すっかり親しくなりましてご

ざいます」

加賀爪忠澄は、家光と亜紀の関係を推察してかだいぶ距離を置いた物言いで二人の関係を釈明した。

「なるほど、そうであったか」

家光は、納得して亜紀を見かえした。

「加賀爪さまも新陰流を修めておられ、同じく今泉信綱を流祖と仰ぐタイ斜流に大変興味を持たれておられました」

「うむ、余も柳生但馬守から新陰流を学んだ。タイ斜流にはおおいに興味があるぞ」

「じつは亜紀どのと昨日会食しまして、上様が旗本奴にからまれた折、大きな謀叛の動きに気づかれたと聞き、直《じか》に上様にお訊ねしたほうがよいと判断しご足労願いました。上様をそれがしがお呼びだてするなど、はなはだご無礼と存じましたが」

「なんの、よいのだ」

家光は手をあげて忠澄を制し、

「これは徳川家内の内紛。内々に対応せねばならぬ。これより後、そちにもおおいにはたらいてもらうぞ」

家光は亜紀の淹れた程よい湯加減の茶で喉を潤すと、これまでの出来事を大まかに忠澄に語ってきかせた。

　まずは新参の魚問屋波越伝兵衛の雇い入れた棒手振りの魚屋が既存の行商人を圧迫し、さらに旗本奴がこれに手を貸し、あちこちで争いのタネを撒いていることを伝えると、忠澄はすぐに善処すると応じた。

「して、その波越なる者、いったい何者でござりまする」

　膝を寄せ、家光に遠慮がちに問いかけた。

「はて、もとは米商人であったと聞くが、委細は知らぬ。おおかた魚の商いに旨みを覚え、魚河岸仲間の株を集め、近在の土地を買い漁って一大勢力となったのであろう。食えぬ奴よ。だが今のところ、法に触れることはしておらぬようだ」

　家光が言うと、

「それは難儀でございますな」

　加賀爪忠澄も町奉行だけに法に照らして処分するよりないのである。

「よい。法の下で、ゆるりと対処していくとしよう。ただ、気にかかることがいまひとつある。こちらのほうが由々しき問題だ」

「はい」

　これが本題であろうと、加賀爪忠澄は身を固くして家光に向き直った。

「じつはな、これはなんの証拠があるわけではないが。その波越伝兵衛、危険な人物と繋がりがあるようだ」

「さきほどの徳川家内の陰謀とつながることでございますな」

加賀爪忠澄に、家光は身体を傾け声を潜めた。

「なかなか南町奉行、勘がよいな。危険と言うても、まだその人物が動いたわけではない」

「どうか、ご遠慮なくお話しくだされ。それがし、口が裂けても天下の秘事、口外はいたしませぬ」

「されば、こちらを」

亜紀が、買い置きのみかんを加賀爪忠澄の膝元にすすめた。

「この蜜柑の意、お含みおきいただきとうございます」

亜紀が、まっすぐに加賀爪忠澄を見つめた。

忠澄が、はっとして亜紀を見かえした。

「まこと、謀叛《むほん》のお心を……」

忠澄は信じられぬという面持ちである。

徳川宗家と御三家との暗闘については、一応忠澄も承知している。

　こんな逸話がある。

　尾張藩主徳川義直《よしなお》は京に向かった家光の行列が、帰路に名古屋に寄らずに江戸に戻ったことに立腹し、面目をつぶされたと激怒して、追撃して幕府と一戦におよばんとしたことがあった。

　この時、紀州の頼宣公は、義直に、

「もし尾張殿が本気なら、紀州藩は伊勢から吉田へ大兵を率いて船で渡り合流いたそう」

　と言ったという。

「紀州公は、もとより御三家の今のお立場がいたく不満でおられるようでございますな」

「なに。そのこと、さきほども申したように、まだなんの証拠もない。だが、万が一のことが起こっては天下の一大事となる。それゆえ、早々に策は講じておかねばならぬ」

「して、紀州公は波越伝兵衛を動かし、なにを企んでおるのでございましょう」

「あのお方のお考えは、大きすぎてようわからぬのだ。なにやら乱を企てておられるとは思うが」

「いずれにしても、事が起こっては一大事。この忠澄、できることがあれば身命を賭してはたらきまする。なんなりとご用命くださりませ」

忠澄は眉を引きつらせて家光に迫った。

「されば、ひとまず波越伝兵衛の雇い入れた浪人者に目を配っていてくれ。魚商を偽り、町の辻々に入りこんで決起すれば、容易に押さえこむことはできぬ」

「まことに。江戸市中には魚商人だけで数百、棒手振りも合わせれば千を越えましょう。その者らが一斉に動きだせば、南町奉行所の役人を総動員してもこれを抑えつけること、かないますまい」

「騒乱は、戦さも同然。もし、城下に火を放ちますれば」

亜紀が、脇から言葉を挟んだ。

「おそらく、戦時の戦略ならそうしよう。そのどさくさに一気に江戸城に侵入してくるやもしれぬ。城内には、どうやら南龍公《なんりゅうこう》に味方する勢力があるようなのだ」

「まことにございますか」

加賀爪忠澄が、目を剝いて家光を見かえした。

「これも、たしかな証拠はなにもない。だが、最悪のことも考えておかねばならぬ。さらに南龍公に外様大名も呼応すれば、天下の形勢は一挙に混沌《こんとん》としよう」

「途方もないことになりまする」

「それゆえ、なんとか煙のうちに抑えねばならぬのだ。それと、いまひとつ。あのお方は、あるところに続々と兵を送りこんでおられるようだ」

「それは何処にでございますか」

「この江戸湾の目と鼻の先のところだ。いま造成中の佃島」

「佃島、でございますか……」

忠澄は、絶句して家光を見かえした。

「佃煮の佃だ。あの島は、まだ半分しかできておらぬ」

家光に説かれて、忠澄はようやくああ、という顔をした。

「東照大権現様が、直々《じきじき》に摂津の漁師にお与えになった地、町方は容易に入りこむことができぬ」

「仰せの通りにございまするな。あのあたりは、森一族が管理いたしております」

「されば、私と亜紀で下調べに参る」

「なんと、仰せにございます」

忠澄は呆然と家光を見かえした。

「そのような無謀な話、うけたまわった以上は、ぜひにもお止めせねばなりませぬ。

上様にもしものことがあれば、拙者、幾度腹を切っても償いきれませぬ」

「なんの。向かうのは佃島ではなく森島。波越一派とは対立する者がおる。亜紀の他もう一人、一刀流の達人花田虎ノ助も供とする」

「言い出したらきかぬお方。されば、ご出発はいつでございます」

「明日夜四つとするつもりだ。忠澄、面白い土産話を聞かせてやるぞ」

「はて、困りました……」

加賀爪忠澄は、それでもまだ押し留めるべきではないかと、狼狽《ろうばい》しつつ家光を見かえすのであった。

三

「竹千代さま、おもどりなされませ」

亜紀の家から〈放駒〉に帰ってきた家光が、土間の水瓶の水で喉を潤していると、鈴姫がにこにこと笑いながら佇んでいる。

「そなた、いつからここにいた」

「竹千代さまと、ずっとご一緒させていただきました」

「なに。そなた、私の跡を尾けていたというのか」

「なにやら、いそいそとお出かけになるゆえ、おそらく女の方のもとに向かわれるのではないかと思い、失礼とは存じましたが、駕籠の後を追いましてございます。亜紀さまのもとに参られたようにござりますね」

「いかにも。大事をうち合わせてきた」

「南町奉行加賀爪忠澄さまもご一緒でございましたね」

「よく知っておるの」

「あたくしも、さては大事をうち合わせておられると思い、仲間に入れていただこうと思いましたが、町方の小役人に邪魔され、なかに入れてもらえませんでした」

「それはすまなかったな。して、そなたの用向きは」

「波越伝兵衛の屋敷にたむろする不逞の浪人が、何処から来るかわかりましてござります」

「佃島であろう」

「よくご存じでございますな」

鈴姫は、きょとんとした顔で家光を見かえした。

「そなたは、どうしてそれを知ったのだ」

「しばらく波越の屋敷を見張っておりましたところ、不逞の浪人者が続々と市中に散ってゆきましたが、頭領らしき者のみ、船を使ってもどっていきました」

「危ないことをする。どのような男であった」

「総髪にて、袖無しの陣羽織を着けた兵法者然とした男でございました」

「その男は知っておる。どこまでつけた」

「これ以上のお話は、船宿で御酒など汲み交わしながらゆるりとお話ししとうございます」

鈴姫は猫撫で声で家光の腕に絡みついてきた。

「今夜、その浪人者が消えた佃島に、虎ノ助と亜紀の二人を連れて向かうのだ」

「なれば、ぜひにもこのわたくしをお連れくださりませ。昨夜、あの男を追って佃島に上陸し、つぶさに探索いたしました」

「なんという無茶をする。もし、捕らえられていたらなんとする。命が危なかったぞ」

「上様とて、同じではございませぬか。わずか二人の供を連れ、敵の本拠地に乗りこむとは」

「それより、どうして島に渡った」

「深川より、船で隅田川を渡って参りました」

「無茶なことをする。して、島はどうであった」

「造成中ゆえ、仮小屋や漁の番屋など点々としておりました。なにやら武器蔵のようなものもございました」

「なに、武器蔵だと」

家光は、とんでもないことを言うと鈴姫を見かえした。

「私をお連れくだされば、ご案内いたします」

「困った奴だ。やむをえぬ、連れて行く」

「まあ、うれしいこと」

鈴姫は両手を広げて家光に抱きつくと、

「徳さん、もてるね」

いきなり背後から男の声があった。

石川の三兄弟が、香具師の仕事からもどってきている。

「あ、よいことを思いつきました」

鈴姫が、家光の背後に立つ三人の男を見かえして言った。

「斥候《せっこう》を立てましょう」

「斥候だと?」

「はい。ちょっと、あんたたち」

鈴姫が、ぐるりと三人を見まわした。

「聞けば、石川五右衛門の曾孫だっていうじゃないの」

「そうさ、嘘じゃねえ。だが、それがどうした、じゃじゃ馬姫よ」

八兵衛が、口を尖らせて鈴姫を見かえした。

「こういう時こそ、大泥棒の血筋を見せてほしいものよねえ」

「なんだと、藪から棒に」

「石川五右衛門といえば、大泥棒になる前は、伊賀流の忍者だったっていうね。あんたたち、忍者の末裔なんだろう」

「そうさ。堀だって渡れるし、城壁だろうと登れる」

「おいおい、ほんとうかね」

家光が、苦笑いして三人を見かえした。

「話半分でも頼もしいよ。じゃ、あるところを探りに行っちゃくれないかね」

「あるところとは」

藤次が、不安そうに徳ノ助を見た。

「隅田川の河口に、佃島ってところがある。おまえたち町奴に仇《あだ》なす悪党どもが巣をつくってる。そこを探ってきてほしいのだ」

「そんなとこ、と、とても……」

歯抜きの藤次の顔色が、にわかに変わった。

他の二人も、自信なさそうに目を伏せている。

「あんたたち、それでも男かい」

お角が、いきなり三人のために淹れた茶を卓の上に投げ出して、声を張りあげた。

「女将さん……」

「あんたたち、ケチな盗みばかりしてさんざん皆に迷惑をかけてきたんだろう。その盗人の血を活かす時がようやく来たってのに、尻込みするのかい。まったく男の風上にもおけない情けない奴らだよ。それでも五右衛門の曾孫かい。ええ。ここは釜茹でになっても男を見せるとこじゃないのかい」

お角は目を吊り上げて怒っている。こんな女将を見るのは〈放駒〉に厄介になってからこの方、家光も初めてであった。

「まあ、まあ」

家光が、うなだれた三人に同情してお角を抑えた。

八兵衛が、ちらとお角をうかがい、

「わかったよ。行くよ。そこまで言われちゃ、ご先祖様に合わせる顔がねえ」

「なに、難しいことは言わぬ。島の見取り図と、もし小屋のようなものがあれば、それを絵図にしてきてもらえないか」

家光が言うと、

「だがよ、そりゃ大変な仕事だよな」

ほろ酔いの彦次郎が、またべそをかいている。

「あんたたち、いいかげん腹を決めなよ。あたしがこれから島のあらましを教えてあげる。そっから先は、あんたたちの腕しだいだよ」

鈴姫が、八兵衛の肩をたたいて励ました。

「よし。うまくいったら、店をあげて大泥棒の曾孫のために祝杯をあげてやるよ」

女将が、胸をポンとたたいて請けおった。

## 四

「船頭、あの灯りはなんだ」

家光が沖合に点る螢火《ほたるび》のような灯りを指さした。

永代橋《えいたいばし》のたもとから田辺翁が秘かに用意してくれた漁船に乗り、造成中の佃島の南、森島（現石川島）に上陸した家光らは、江戸湾を臨む島の東端に立ち、闇に沈む黒い海岸を見ていた。

彼方の沖合に灯りが点っている。

「さあて、近頃よく見かける灯りですが」

櫂《かい》を取る船頭も首を傾げた。

「漁火のようにも見えますが、こんな夜更けに漁はしてねえはずで」

家光は、不気味そうにもういちど沖合を睨み、船頭を船に残して森島の古老石川重次宅に向かった。

「そうか」

摂津佃村から家康によって江戸に招かれた漁師三十七名は、当初安藤但馬守《あんどうたじまのかみ》邸、小石川綱星町、日本橋難波町などに分散して住まい、江戸湾で将軍家に献上する白魚《しらうお》漁《りょう》をつづけながら、つい先年まで家康に命ぜられた江戸湾の警備に当たっている。

漁師が江戸湾の警備とはいささか妙な話ではあるが、この佃島の男たちはただの漁師ではなかった。

天正十年（一五八二）本能寺の変が起こった折、泉州 堺《さかい》を訪れていた家康を、無事伊賀を越え、駿河まで送り届けたのは、服部半蔵《はっとりはんぞう》ら伊賀者であったと言われているが、これら摂津佃島の漁師たちもそのなかに加わっていたことを知る者は少ない。

佃の漁師らは、この時のはたらきを家康に認められ、関ヶ原の合戦の後も大坂への諜報活動《ちょうほうかつどう》を行うなど、徳川方の密偵の役目もしっかり果たしていたのであった。

そのため、そのはたらきを多とした徳川幕府により、江戸湾の防備を任されることになった。だが、後に船手奉行向井将監がこの職を担うようになると、佃の漁師たちはその任を解かれ、労をねぎらわれて隅田川河口の中洲に土地を与えられた。

とはいっても、そこはただの砂洲で、造成工事は難行を極め、完成はこの年からさらに十年近く後となるのだが、佃の古老たちは、少しずつ森島から未完の島に移って島の完成を見守っていた。

家光ら一行が向かったのは、頑なに森島を離れない石川重次のもとである。

島の端の岸礁に立った家光は、沖合に点々と点る灯りにふたたび目をうばわれた。

「あれは、鬼火でございます」

闇の中で声があった。若い娘の声である。

家光が、闇を透かして声の方角をうかがった。

月光の下、まだ二十歳にも満たない娘が、闇に白い輪郭を浮かびあがらせている。長い髪を無造作に背後に束ね、丈の短い小袖の腰に脇差しをたばさんでいる。

「そなたは」

「お迎えに参りました。石川重次の娘にて、渚《なぎさ》と申します」

娘は跳ねるように岩場を移って家光らのもとまで歩み寄ると、さぐるような眸《ひとみ》で家光をうかがった。さきほどの船乗りとの会話を聞いていたらしい。ということは、家光ら一行を物陰からうかがっていたらしい。

「出迎えか。それは、ありがたい。して、鬼火とは？」

家光が、渚に問いかけた。

「あの灯りが点るようになってから、この小さな島に妙な男どもが現れるようになった。凶事が次々と起こるので、皆、鬼火と呼んでいます」

「妙な男たちとは？」

「人足のようですが、二刀を差して武士のようにも見えます。続々と何かを佃島に運びこんでいます。委細は父にお訊きください」

渚は家光らを信用したか、提灯に灯りを入れると、磯伝いに一行を島の端の石川重次邸へと案内した。

「ほう」

家光は小さく唸った。なかなかの豪壮な館《やかた》である。小屋を次々に建て増ししていったらしく、平屋の棟が左右に大きく翼を広げ、陣屋を思わせる規模に広がっている。

館の前には、漁に用いる網や漁船、干物を干した棚が並び、漁師の仕事場らしく雑然としている。

小屋の前では、松明《たいまつ》を掲げた人々が一行を待ちうけていた。中央に立つ古老が石川重次らしい。

「よう参られた、石川重次でござる」

白いものが混じった鬢を蓄えた初老の男が、家光に丁重に一礼した。齢はすでに六十を越えていようが、屈強な体軀に衰えは見えない。

「話は、田辺さんから聞いております。魚河岸の難儀にお力を貸してくださるとか。心強い味方が現れたものと、皆大喜びでございます」

主は相好《そうごう》を崩してそう家光に語りかけ、皆に紹介した。

「微力ながら、お役に立てばと思う」

家光は、ちょっと謙遜《けんそん》して応えた。

「して、こちらの方々は？」

石川翁は、太助とは顔見知りらしく軽く一礼して、男装の亜紀と武芸者姿の豪放磊《らい》落《らく》な花田虎ノ助、それに総髪を後ろに束ねた少年のような容貌の鈴姫をうかがった。

「こちらは、一刀流免許皆伝、寛永御前試合で準優勝になった花田虎ノ助殿。また、こちらは、西国一の剣豪丸目蔵人殿の孫娘にて亜紀殿。江戸でも無双の剣をつかわれる」

「ほう、豪傑揃いですな。なんとも、頼もしい」

石川翁は、さきほどの娘渚と顔を見合わせた。

渚はなにやら小声で古老と語り合ったが、悪く伝えてはいないはずであった。

「わたしも忘れないでください」

鈴姫が、前に進み出て家光の脇をつついた。

「この娘は、立花……」

と言いかけて慌てて、

「いや、それがしの妹にて鈴姫、よしなに」

と言い換えた。

「ほう、妹さんかね。しかし、顔が似ておらぬな」

石川翁は、訝しげに鈴姫を見た。

「はは、なかなか弓の名手でな。波越縁《ゆかり》のやくざ者どもをさんざんに蹴散らしましたぞ」

「おお、それは頼もしい。まずは、屋敷に入られよ」

石川翁は居並ぶ男衆に先導させて、皆を館に招き入れると、大きな囲炉裏《いろり》のある大部屋に案内した。

茶碗を八人の前に並べさせ、さらに手をたたいて、

「魚を持って参れ」

大声をあげた。

陽に焼けたたくましい体つきの男衆が、大皿に三つ、厚切りの刺身の大盛りを運んでくる。

まぐろに小鰭《こはだ》、やりイカ、みな江戸前という。

ちなみに、まぐろはこの寛永年間には江戸の町民にはまだあまり食べられていない。大味で脂こい赤みの魚として避けられていたのである。

「まぐろはまだ町衆に人気はないが、まことに旨い魚だ。これを食わぬという法はな

い」

石川翁はそう言いながら、皆の前に大皿をどかりと置かせた。

「さすがに、ちがうぜ」

太助が、大皿に盛られた魚の鮮度に感心して声をあげた。

「太助さんにも、せいぜい採れたての魚を食べてもらいますよ」

石川重次はそう言ってから、

「ここでだけしか食えぬものと言えば、あとはこの白魚だ。幕府への献上品でな。河岸には出しておらん」

白魚の話は、家光も聞いている。

家光の祖父徳川家康は、白魚を駿河から持ちこみ、隅田川に放流して佃の漁師に養殖させ、城に献上させたという。そんなわけで、白魚は江戸の庶民の口には入らないご禁制の魚なのであった。

「隅田の河口で採れたものじゃ。どうじゃな」

石川重次は、白魚に箸を延ばした家光をうかがった。

「旨い……」

多少鮮度は落ちるが、いつも城内で食べているものである。家光も、それ以上のことは言えない。

「たしかに白魚も旨いが、こちらのまぐろはことに旨そうだ」

家光は、ざっくりと箸ですくってぱくつきはじめた。付け合わせはひしおである。

「徳ノ助殿はまぐろがお好きか。ならば、わしと亜紀は白魚とやらを食うてみよう」

虎ノ助が、困った顔の家光を見てかクスクスと笑い、亜紀を誘った。亜紀も白魚は初めてである。

「これは、旨いのう」

虎ノ助は、亜紀と顔を見合せ舌鼓を打った。

「このように美味なるものを、おぬしはいつも食うていたのか」

虎ノ助が身体を傾け、小声で家光に問いかけた。

「まあの」

魚屋の太助は、言葉もなく黙々と食べている。太助が夢中になるほどの鮮度の高い魚に、家光も感心しきりである。

「満足してもらえてなによりじゃ。そろそろ酒にしようかの。まあ、飲みながらこの佃島の話も聞いてくだされ」

「おうかがいしよう」

家光は箸を置いて、渚に大徳利の酒を勧められ盃をとった。

渚はいつも男衆の相手をしているのだろう。徳利を抱える手つきも手慣れたものである。

「そもそも、家康公が江戸に入府した当時は、お城に納める魚を捕るだけで精一杯でな。しかし、この島に続々と摂津の漁師が移り住み、新しい漁法を持ちこむようになって、江戸湾から捕れる魚は著しく増えた。お城に納めても、まだまだ魚が余るようになったのじゃよ」

「ほう、それほど佃の漁法は優れていたのか」

虎ノ助が、面白そうに石川翁に訊ねた。

「ああ、このあたりのそれまでの漁法はいたって素朴なものでな。一本釣りかせいぜい四つ手網、一方、摂津の漁法は地獄網と呼ばれる大量漁獲法で、はるかにすすんでおった」

「なるほど、余った魚を市中にまわすようになって、魚河岸も隆盛を極めるようになったというわけですな」

家光も、ご返盃と石川翁の盃に酒を注いだ。

「さようでございます。それ以来、魚河岸はずっとわれわれ摂津の者が仕切っておりました。ところが、魚は利が厚いと、米相場で儲けた波越伝兵衛めが、魚市場に移って参ったのでございます」

「うむ」

「それこそ、金にあかせて魚河岸の株や土地を買い占め、今も着々と勢力を拡大しております。どうやら幕府のお役人にも上手に取り入り、事を有利に運んでいるようです」

「後ろ楯は、勘定奉行大河内久綱と聞いたが」

家光は、苦い顔をして翁に訊ねた。

大河内はもとより徳川家の直臣で、重臣だけに十日に一度は顔を合わせている。

「さようにございます。幕府の後ろ楯があることをよいことに波越め、旗本奴や町のやくざ者とも与《く》んで、力ずくでこっちを追い出そうとしております」

「徳ノ助さま、許しがたきことと存じます」

白魚に舌鼓を打っていた鈴姫も、箸を止めて語気を強めた。だいぶ酒もまわっているらしく、頰が紅い。

渚が、深窓の令嬢のような鈴姫が、男言葉で断じる姿を、ポカンと口を開けて見かえした。

「徳さん、なんとかしてやってくんねえか。このままじゃ、魚河岸は波越に乗っ取られちまう。江戸の町民は、魚の値上がりでろくに魚も食えなくならァ」

　こちらも酒のまわった一心太助が、語気を強めはじめた。

「それは、なんとかしたいが、言うほど容易ではあるまいな。町方も目を光らせているであろうが、今のところ違法なところはなさそうだ」

「そこでございます」

　石川翁があらためて徳ノ助を見かえし、膝を乗り出した。

「なにか、奴らの弱みがあるのか」

「はい。江戸の海は、家康公のお墨附で佃の者に任されております。ところが波越伝兵衛は、造成中の佃島にも手を伸ばし、なにやら他所の者を引き入れようとしております」

「なぜ、そのようなことができるのだ」

「当地は、森一族の七家で差配しております。しかし、あらかたの者が波越になびき、言われるままに従うのみ。それをよいことに」

「なるほど、奴らは家康公の意に反しているというのだな」

「もし、島民以外の者を導き入れていることが確かなら」

丸目亜紀が強い言葉で言った。

「うむ、町方役人の島内探索も当然許されよう」

「葵様は、さきほど沖合の鬼火をごらんなられたことと思います」

渚が、石川翁に代わって膝を乗り出した。

「見た。あれはなんなのだ」

「おそらく、何処からか他者を島に導き入れるために来た大船ではないか、と皆話しあっています。あの船が島に近づくたびになにかを小舟で運び入れているように見えます」

今度は、石川翁が渚の言葉を補った。

「由々しきことだ。なにを運び入れているのであろうな」

「徳ノ助さま、いずれにいたしましても、まずは証拠固めが必要でございます。これはぜひとも造成中の佃島を確かめてみる必要がございます」

亜紀が、真顔になって家光に迫った。

家光は重次に向き直り、

「石川殿、佃島に渡りたいが、舟を、用意いただけませぬか」

「それはもう、喜んで。渚に案内させましょう。渚、よいな」

石川翁が渚に念を押すと、渚は大きくうなずき、

「せっかくの機会。今宵にも、上陸してみよう」

力強く応じ、男たちに向かって舟の用意を依頼するのであった。

## 五

森島の若い衆三人の操る小舟に分乗し、佃島に渡った五人は、埋め立てられたばかりの造成地に足を踏み入れた。

彼方東の海に、遠く房総の黒い山影が月明かりを受け、うっすらと闇に浮かんでいる。

中州を埋め立て島を造ることは、並大抵なことではない。測量、土木、建築など専門的な知識もないまま、自力で行っていくのである。

すでに、造成の許しが出て十年近い歳月を経ているが、まだごく一部を除いて島らしい姿も見せておらず、波に洗われる低い砂地と所々に小高い丘のある干潟があるばかりである。

「よい夜でございますね」

鈴姫が家光に擦り寄ってきた。

「ごらんくださりませ。星がまたたいております」

鈴姫が家光の腕をとった。それを家光は払いのける。鈴姫と戯れている時ではない。あちこちに作業用の小屋が立っているが、月明りの他にむろん闇を照らすものは見られない。

「あの低い丘の向こうに、石川家の仮小屋があります。足場が悪いので気をつけてくれ」

渚は、乱暴な男言葉で言って、提灯の灯りで前を照らした。

小高い丘に立てば、眼下の平地に点々と仮小屋が見える。

前方で声がして、数人の人影がこちらに向かってくる。

「おおい」

「あれは白波の三人組じゃあないか」

虎ノ助が、目を凝らして前方を睨み手を振った。

「何者でございます」

渚が、怪訝そうに前方をうかがった。

「怪しい者ではない。我らの仲間で、町奴〈放駒〉の者だ」

「放駒の」

徳ノ助が〈放駒〉の居候であることは知っているらしい。

渚は、納得してうなずいた。

「おぬしら、いつから」

虎ノ助が声をかけた。

「夕べから、ここに潜り込んで偵察をしていたのさ。夜はあの小屋に潜んでいたよ」

八兵衛が、自慢げに言った。

どうやら、石川家の仮小屋と知らずにちゃっかり入りこんでいたらしい。

「どうだ。だいぶ調べがついたか」

「ちゃんと、絵地図に記しておいたよ」

ほろ酔いの彦次郎が、懐から四つに畳んだ大判の紙を取り出した。

「やるじゃないの、あんたたち」

鈴姫が、彦次郎の胸をポンとたたいた。

それを受けとって、開けてみる。渚が持参した提灯に灯りを点し、絵地図を照らし出した。

「渚どの、説明していただければありがたい」

家光が渚を促すと、

「ここが、船を乗り入れた地点にございます」

陽に焼けた逞しい手をのばし、渚は地図の東端をトントンとたたいた。

「うむ」

「この島の西は、あらかた造成が終わっております。この東方に、摂津佃の七家のうち、五家が進出しております」

「それは造成のためか」

「それもございますが、すでに一部で漁に用いております」

「ほう、気の早い者どもだな」

「したたかな者らで、早々と縄張りを抑《おさ》えようとの魂胆でございましょう。いずれも波越伝兵衛の息のかかった者でございます」

「石川殿は、加わらなかったのだな」

「進出の順は籤《くじ》引きで決められましたが一番最後でした。今思えば、巧みに罠に嵌《は》められたようにございます」

「悪い奴らでございますな」

鈴姫が、家光の横顔を覗きこんだ。

「五右衛門の曾孫ら、昨夜から潜りこんでなにを見たのだ」

虎ノ助が、三人をうかがった。

「おめえなんぞに、報告する義理はねえ」

八兵衛はぷいと横を向いた。目黒不動で投げ飛ばされたのを、まだ根にもっているらしい。

「おれは徳さんに報告する約束をした」

八兵衛が、あけすけに家光に寄り添った。

「で、武器蔵は」

「このあたりだ」

彦次郎が、南側の島の突端を指でたたいた。

「あのあたりに仮小屋がたくさんできていて、人が大勢動いていたぜ」

「どんな奴らだ」

家光が彦次郎に訊いた。

「漁師のように見えたが、わからねえな。陽に焼けた浪人風の男たちもいた」

「それから夕べのことだが、沖の方から、灯りも点さねえ小舟が何艘もやってきて、大勢人が上陸してきた」

「やはりな。沖に妙な灯りはなかったか」

「ああ、あったぜ。気持ちの悪い灯りが、ずっと沖の方で揺れていた」

八兵衛が言った。

「それが、鬼火でございます」

渚が、家光の話に割って入る。

「なるほど、だいぶ奴らの企みがわかってきたぞ。この佃島を通して江戸市中に浪人者を送りこんでいるのであろう。浪人どもは、沖に浮かぶ大船から送りこまれてくるのだ」

「徳ノ助さま、一気に押し包んでしまいましょうか」

鈴姫が、脇差しの柄がしらを摑んで言った。

「やめておけ。奴らなど雑魚《ざこ》だ。まだ黒幕が姿を見せておらぬ。まずは証拠固めが先だ」

「よし、あっしらが武器蔵に案内するぜ」

八兵衛が立ち上がり、皆を先導して歩きだした。

四半刻（およそ三十分）ほどで、浪人どもの一団を見下ろせるなだらかな砂丘の上に立った。

下界を見下ろせば、海岸沿いに幾つもの篝火《かがりび》がたかれ、十隻を越える小舟が砂洲に乗り上げている。沖にも小舟が待機している。

上陸した男たちは隊列をつくって、木箱を担いで続々と小屋に向かっていく。

「あ奴らは」

家光が、脇に立つ渚に問いかけた。

「森源右衛門《もりげんえもん》の手の者も混じっておりますが、あらかたは新参者。父は人足ではなく侍だと見ております」

「たしかに徳ノ助さま、あの者ら、背に大刀を負っております る」

亜紀が、家光に語りかけた。

「向かっているのは、あの丸太造りの仮小屋でさあ」

八兵衛がそう言って、彼方の小さな掘っ建て小屋を指さした。

松明を持つ法被《はっぴ》姿の男に先導され、着々と男たちが木箱を運びこんでいく。

「あの箱のなかには、なにが蓄えられているのでございましょう」

ちょっと近眼なところがある亜紀が、目を細めて言った。

「武器であろう。あるいは、鉄砲かもしれぬ」

「よし、おれが見てくるぜ」

太助が、滑るようにして丘を下り、仮小屋に近づいていった。

家光のところからは、判然としないが、男たちの手で錠が外され、扉が開かれたようであった。

なかの様子はわずかにしかうかがえないが、どうやら木箱のようなものが積み上げられているようである。

作業の終わった小屋のなかから、後続の隊列を指揮するためか、侍が一人姿を現した。

面体《めんてい》はさだかではないが、その姿は人足たちとはちがって、兵法者然とした陣羽織を着けている。

「あ奴はたしか……」

そこまで考えて、家光はハッと気づいた。魚河岸からの帰り路、浪人者を率いて家光に襲いかかった兵法者であった。

さらに小屋から現れた男は、その姿に、

「あれは、御前試合で虎ノ助の相手だった男ではないか」

「たしかに。邪剣二階堂流平法を操る野村一心斎でございます」

家光が亜紀と目を合わせた。

太助が、その間にも小隊のすぐ脇まで近づき、小屋のなかを覗いている。

「何奴ッ！」

隊列を作っていた侍の一人が声をあげた。

「亜紀、虎ノ助、助太刀だ」

「はい」

亜紀が、そう叫んで坂を下っていくと、迎え討つように男たちが亜紀に群がっていく。

「家光さまはどうなされるのです」

鈴姫が、つづいて飛び出そうとする家光に声をかけた。

「虎ノ助と亜紀、太助を見殺しにはできぬ。おれも行く」

「いけません。徳ノ助さまが行かれては」

鈴姫が、懸命に腕を引いた。

「やむをえぬ、姫、矢だ」

「あの野村一心斎に念術を使わせてはならぬ」

家光が、隣の鈴姫に命じた。

矢継ぎ早に放つ鈴姫の矢で、浪人どもが面食らっている。

夜陰の下、ざっと十人ほどの侍を虎ノ助と亜紀が迎え討ち、斬り結びはじめた。

「さ、徳ノ助さま、ここは一刻も早く退《さが》られませ」

渚が家光の手を引き、松明を点して家光を先導した。

鈴姫の矢が尽き、家光と、渚、石川の三兄弟を追ってくる。

「渚、虎ノ助らは大丈夫であろうか」

「大丈夫だよ。虎ノ助さんも一人じゃ苦戦するかもしれないが、亜紀さんが一緒だ。妙な術に幻惑されることもないし」

鈴姫が、心配する家光の肩をポンとたたいた。

小舟に辿り着くと、石川家の漁師三人が待機していた。

「あ、あれを」

闇の奥から虎ノ助と亜紀、太助がこちらに向かって駈けてくる。

「やっぱりな」

渚が力強くうなずくと、漁師たちに砂洲に乗り上げた小舟を沖に向けて引いていかせた。

「徳さん、あのなかは槍、鉄砲でいっぱいだった」

もどってきた太助が荒く息を継ぎながら言った。

「一刻も早く、幕府にお知らせください」

渚が、家光を見つめ語気を強めた。

「むろんだ。約束するぞ、渚」

# 第五章　南海の龍

## 一

「即刻、軍勢を差し向けなくてはなりませぬぞ」

佃島での乱戦のようすを太助から聞いた大久保彦左衛門は、膝をたたいて家光に迫った。

「お城から目と鼻の先の江戸湾にそれほどの武器を運びこむとはまことにもって大胆不敵、謀叛の企てとしか考えられませぬ」

太助の案内で芝白金《しばしろがね》の大久保邸を訪れたのは、家光が佃島からもどった何日か後のことである。

紀州藩主徳川頼宣の企てを、実際にその目で確かめ、謀叛の確信を深める家光であったが、反対にその胸中に大きな迷いが生じていた。

相手は叔父である。しかも幕府内に頼宣に通じる者があるとすれば、正面きっての対決が、どれほどの軋《きし》みを徳川一門に生じさせるか予測しがたい。

その迷いを、天下のご意見番を自称する大久保彦左衛門にそのままぶつけてみるのも悪くないと思ったのである。

だが、彦左衛門の反応は断固たるものであった。

「やはりそう思うか」

「竹千代君、ここでお迷いになっては敵をつけあがらせるだけ。いや、先手を打たれるおそれさえございます」

彦左衛門の決意は固い。

「それはそうだが……」

冷静に考えれば、家光もそう断じざるを得ないのだが、敵対する相手はやはり血のつながった叔父である。なんとか穏便に済ませる策はないか、とつい考えてしまうのである。

勝手知った彦左衛門の家、太助が二人のために淹れた茶を盆に載せて運んできた。

一人娘が嫁ぎ、小男の青兵衛《せいべえ》も、用人の藤崎睦衛門《ふじさきむつえもん》も今は出払っていて、屋敷内は人影もまばらである。

家光が直参旗本の屋敷に安心して上がりこんだのも、太助から家人の乏しくなった大久保邸の事情を聞いてのことであった。

「親分、今たしか竹千代とおっしゃいましたね。いったい誰のことで」

まだ家光の正体を知らない太助が、彦左衛門を見て首を傾げた。

「おお、竹千代とはこの徳ノ助の幼名だ。畏れおおいことに、現将軍徳川家光公と同じ名ゆえ、めったに呼ぶことを控えていたのだが、話がすすむうちに、つい口を突いて出ての」

彦左衛門は、家光を見かえし悪戯《いたずら》っぽい目で笑った。

「これは旨いな」

家光は、太助の淹れた茶で喉をうるおし、目を瞠った。魚のさばきも上手いが、茶の淹れ方もなかなか心得たものである。

「いやァ、これは茶がいいのだ」

彦左衛門はそっけない。

彦左衛門の話では領地は三河国《みかわのくに》額田《ぬかだ》で、出来のよい茶畑のものを直接届けさせているという。

「それにしても、あれを見た時には、とんでもねえものを見ちまったと、震えあがりましたぜ」

太助は、あらためて家光を見かえし唸った。あれとは、佃島で見たおびただしい数の鉄砲である。

「たしかに、町方に伝えねばならぬが、佃島は東照大権現様が佃の漁民に与えた土地。町方といえどみだりに踏みこむわけにはいかぬのだ」

家光が、徳ノ助と名を変えたことをつい忘れて、家光の言葉で言った。

「でもねえ。幕府だってそんなことは言っていられないだろうよ」

太助は、徳ノ助が消極的で幕府に注進していないことが、不思議でならないらしい。

「いや、いま少し敵の正体を見極めねばなるまいよ。浪人ふぜいを抑えたところで、黒幕に逃げられてしまっては元も子もない」

彦左衛門が、家光の迷いを察して助け船を出した。

「やっぱり黒幕は南海の龍こと、紀州の頼宣公で」

「そうであろう。それだけの大船を江戸湾に繰り出せる者は、日本広しといえど、そうはおるまい」

彦左衛門は、もはや揺るがしがたいと確信を深めている。

「紀州公の動きはそれとして、いまひとつ勘定奉行大河内久綱の動きが気になる。勘定奉行ほどの幕閣が紀州とつながりを持っているとすれば、他にも幕府内に紀州派がはびこっていて不思議はない」

家光は、謀叛の闇の深さをいまひとつ測りかねている。

「しかしながら、将軍家としてはいつまでも躊躇《ちゅうちょ》してはおられますまい。もしこの対立にしたたかな外様《とざま》大名が絡んでくれば、またまた話は厄介《やっかい》」

彦左衛門が、嚙んで含めるように家光に言った。

太助が、その彦左衛門の物言いを不思議そうに聞いている。

「ご免!」

玄関に客の声があった。

「はて、誰であろうか」

彦左が重い腰を上げ、よろけながら玄関に出てみると、客の一人は丸目亜紀で、もう一人は立派な風貌の武士である。駕籠を連ねて来たらしく、門外に供の者の気配があった。

亜紀が連れてきたのは、南町奉行加賀爪忠澄であった。忠澄は彦左衛門とひととおりの挨拶を交わすと、客間で茶を飲む家光を見つけ、丁重に挨拶を始めた。

太助がまた、不思議な顔をしてそれを見ている。

「これ」

彦左がちらりと太助を見やって、

「太助、すまぬが客人をもてなしてさしあげたい。魚の新しいところを見つくろってきてはくれぬか」

彦左衛門が咄嗟《とっさ》に懐を探り、財布を取り出した。

「ぜひ頼む、太助」

家光も声をかけた。

「それじゃあ、まあ。ただ、このあたりの魚屋にゃろくなものを置いちゃいませんぜ」

太助は、なんども首をひねりながら玄関を飛び出していった。

四人はそれを見送ってから、

「上様には、ご無事のご帰還、祝着至極にござります」

忠澄が、あらためて丁重に頭を下げた。

「挨拶はよい」

家光はそれを制し、

「亜紀とともに駕籠を連ねて来たのであれば、急ぎの用であろう」

前屈みに顔を寄せ、忠澄に話を促した。

「されば、簡潔に申し上げまする。奉行所の調べましたところ、今や江戸市中の魚屋があらかた波越の息のかかった者になっておることが判明いたしました」

「ほう」

家光は、加賀爪忠澄が差し出した調書をパラパラとめくりながら、太助の言っていた陽に焼けた浪人崩れの行商人を脳裏に浮かべた。

魚屋といっても、この頃は店持ちはわずかで、ほとんどが行商の棒手振りである。その大半が波越派とは。家光も想像していなかったことである。

「よく調べたな」

「いえ、それだけではございませぬ」

忠澄は、さらに膝を詰めた。

「そうした魚屋を尋問いたしましたところ、いずれも素性の怪しき者たちでございました。そこに記しておきましたが」

忠澄は、調書の末尾を指さした。

「与力らの調べによりますれば、こうした魚屋は町の女房連には物腰はやわらかく愛想もよいものの、ひと皮剝けば目つきが鋭い荒くれ者ばかりで、いずれも武道の心得が感じられる者であったそうにございります」

「それらの者、余も会ったことがある」

家光も、得心してうなずいた。

「それは驚きました。くれぐれもお気をつけなされませ」

「わかっておる」

「波越伝兵衛の屋敷を見張っております同心の報告によれば、ここ数日、そうした者どもの屋敷への出入りがことのほか激しくなってきたとのこと」

「なに、ここ数日と申されるか」

話を聞いていた彦左衛門が、険しい表情で問いかえした。

「あの佃島の夜の騒乱以来ということでございますね」

亜紀が、家光の横顔を覗いた。

「ふむ。なにやら慌ただしくなってきたようだ。淡路守、市中の見まわりをさらに厳重にいたせ。敵は追い詰められたと思い、一気に事を起こすやもしれぬ。ことに火付けには警戒を怠るな」

家光が、かしこまる加賀爪忠澄に手際よく命じた。

「ところで、淡路守。江戸の絵図は持っておらぬか」

家光が、ふと思いついて忠澄に問いかけた。

「これに」

忠澄は、懐中から幾重にも畳んだ絵図面を取り出した。

「さすがに加賀爪忠澄よ、手まわしがよいな」

「お褒めにあずかり恐縮でござります」

そう言って、ちょっと誇らしげに忠澄が三人の目前に絵図面を広げてみせた。

「警備の対策は考えておるか」

「すでに」

忠澄は腰の白扇を引き抜き、

「佃島がここ、日本橋の波越の屋敷がここ。紀尾井町の紀州藩の上屋敷がこちらでございます。この三点を結んだ範囲内は、ことに厳重な警備が必要と存じます」

かしこまって家光に言上《ごんじょう》した。

「うむ。魚荷にまぎれてすでに市中に武器を搬送しておるやもしれぬ。これよりは、島から送り出されてくる魚にも目を配るのだ」

「御意――」

「旗本奴の動きも気になります」

　亜紀が言葉を添えた。

「うむ。不平分子が頼宣公と結びつけば、江戸の町は騒乱の場と化すであろう。亜紀、そなた急ぎ立花十郎左衛門の屋敷に走り、荒神組、大熊組の者どもを集めるよう伝えてはくれぬか」

「あの旗本奴どもをでございますか」

「うむ。それがどうした」

「しかしあの者ら、天王寺で我らとはむろんのこと、立花十郎左衛門殿とも争っております。はたして応じましょうか」

「大丈夫だ。将軍家光が大事を託したいと伝えさせるのだ。主命とあれば、来ぬはずもない」

「かしこまりました。早速」

　亜紀が得心して立ち上がると、

「もうお帰りか。せっかくこの裏さびれた老人のわび住まいにうら若き女人が訪ねてきたものを」

　彦左衛門が、ちょっと大袈裟に嘆いてみせた。

亜紀が玄関を去っていくと、

「しかしながら、上様。そのような席に参られるのは、やはり危険でございませぬか」

彦左衛門が、また不安そうに家光に語りかけた。

「なに、暴れん坊の旗本奴といえど、かわいい我が家臣だ。よもや背くことはあるまい。こたびのこと、南海の龍のこの家光への挑戦だ。直々《じきじき》に裁かねばならぬ」

「そこまで申されるならば、もはやなにも申しませぬ。それがしも、旗本のはしくれ、ぜひお供にお加えくだされ」

大久保彦左衛門が、膝を乗り出した。

「なに。じいが出るまでのことはない。それより加賀爪、急ぎ城にもどり、松平伊豆守に伝えよ。問い質したき儀あるゆえ、頼宣公にぜひご登城願いたいと使者を立てよと。もしご登城なき場合は、上屋敷に詮議の役人を向けることも辞さぬとな」

「そこまでのことを」

加賀爪忠澄が、困惑して家光を見かえした。

「よいのだ。これは度胸比べだ。相手は南海の龍め。怒らせ、鎌首をもたげさせてみるのも一興ではないか」

「御意。されば、早速に」

加賀爪忠澄は、あわただしく一礼し立ち上がった。

「加賀爪殿もか。さしみがほどなく到着しようほど」

彦左衛門が忠澄を引き止めると、

「いやいや、ご老体。いずれまた、晴れて事件が解決して後、たっぷりと頂戴いたす」

加賀爪は鷹揚に笑って、

「ご無礼」

険しい顔で家光に一礼すると、駕籠をせきたて走り去っていった。

二

「いやァ、徳さんに早く伝えなきゃと思って、探していたところだ」

大久保彦左衛門の屋敷から〈放駒〉にもどってくると、助五郎が巨体を揺るがせ店先まで飛び出してきた。

おもては夕闇迫り、暗雲が張り出していた。ひと雨来そうな雲行きである。

助五郎の話では、店の者が界隈の魚屋を何軒もまわってみたところ、今や波越伝兵衛の息のかかった魚屋ばかりで、しかもどの店も戸を閉めているという。

これはおかしいと思って、格子窓からなかをうかがった者によれば、大勢の浪人が集まって顔を寄せ合い、密談を重ねていたという。

「なにかが始まりそうな予感がしますぜ。とにかく、あっしの集められるかぎりの町奴に声をかけて、旗本奴や浪人どもが暴れまわるのを抑えるため、手を貸してくれるよう頼んできました」

「それはありがたい」

家光はそう言って助五郎の肩をたたいた。

おびただしい数の浪人どもを、せいぜい町奉行所数百の捕り方だけで抑えこむことは難しい。

「こいつはもう戦さですぜ」

助五郎はすっかり興奮している。

「そのつもりで当たらねばな」

家光はあらためて放駒助五郎の覚悟と心意気のほどに感心した。

「親方、支度ができきました」

八兵衛、彦次郎、藤次の三人が、襷に鉢巻き姿で助五郎の前に並んだ。腰に長ドスを落としている。

「おれたちだって、けっこうはたらけるのさ」

三人はひどく威勢がいい。

「男の見せどころよ。あの浪人どもにひと泡ふかせてやらあ」

いつも腰に瓢簞を下げているほろ酔いの彦次郎まで、鋭い啖呵を切っていた。

「われらはどう動けばよい、徳ノ助」

虎ノ助が、亜紀を連れて店の奥から顔を出し、家光の指示を仰いだ。

「むろん腕を借りたい。直接波越邸に向かってくれ」

家光はそれぞれの肩をとって、励ますように言った。

と、荒々しい蹄《ひづめ》の音を立てて、〈放駒〉の玄関先に騎馬が一頭駈けつけてきた。

馬上、手綱を握るのは鈴姫であった。

「どうした、姫」

迎えに出た家光が、馬上の姫を見上げて訊いた。

「兄からの伝言でございます。さっそく、荒神組、大熊組に使者を送り、亜紀どのから聞いた徳ノ助さまのご指示を伝えましたところ、いずれの旗本奴も話に応じ、桜田門外にて徳ノ助さまをお待ちすると申しております」

「そうか、それは上々。されば、鈴姫。今より加賀爪殿のもとに走ってくれ。徳ノ助が波越邸に向かったとな。そう申せばわかろう」

「承知しました」

「それから、姫」

「なんでございましょう」

「そなたのその小袖の重ね着がほしいのだが」

「なんと申されました」

「そなたと同じように奇傾《かぶ》いてみたいのだ」

鈴姫は一瞬、意味がわからず家光を見かえしたが、

「承知しました」

にこりと笑って馬を下りた。

三

その日、桜田門外に呼び出された荒神組と大熊組の面々は、青ざめ、震えおののい

ていた。将軍徳川家光が、直々《じきじき》に謁見するというのである。旗本とはいえ、いずれも無役。とりたてて能もない連中で、将軍に呼び出されるおぼえもない。

考えられることは唯一、旗本奴として江戸市中を騒がせていることを咎められることくらいである。厳しい処断を申しわたされることも考えられた。

気の早い大熊鉄五郎などは、辞世の句さえ用意している。

やがて桜田門がきしみをあげて大きく開き、駿馬駿河号に乗って単騎現れた将軍家光に、旗本奴たちはあっけにとられ、息を呑んだ。

なんと家光は、呼び出された旗本奴以上の奇傾いた装束に身を包んでいたからである。まるで、女歌舞伎の踊り手のような姿である。

派手な女ものの小袖を幾重にも重ね、奇妙な袖無し陣羽織を着けている。赤鞘の長大な刀を背負っていた。

小袖は鈴姫のもの、陣羽織は亜紀から借り受けたものであった。

だが、荒くれ者たちをもっと驚かせたのは将軍家光その人であった。谷中天王寺で、派手な立ちまわりを演じた放駒の用心棒葵徳ノ助その人だったからである。

「げっ」

荒神辰五郎は小さく呻いたきり、顔を伏せた。

一瞬逃げ場を探したが、相手は将軍、とても逃げおおせるはずもない。

ならば斬り結んで、奇傾き者らしく果てるよりない。荒神辰五郎は、そう覚悟を決め、小脇に置いた大刀に手を伸ばした。

大熊鉄五郎も同様であった。

いや、その場に集まった荒神組、大熊組のおよそ二十名ほどの旗本奴は、みな同じ思いである。

一瞬、桜田門前に鋭い殺気が飛び交った。

その様子を脇で苦笑いして見ていた立花十郎左衛門が、

「上様は、おぬしらに頼みがあって参られたのだ」

と高らかに宣した。

やがて家光が馬上から一同をぐるりと見まわし、

「荒神辰五郎、大熊鉄五郎、そして両組の者ども、よう来てくれた。皆のことは知っておる。仲よく喧嘩したの」

家光は、笑顔を一同に向け、

「だが、それほどに我らは仲がよいのだ」

家光は言葉を重ねた。

その言葉に、旗本たちは顔を見あわせた。

――許してもらえるかもしれない。

そういう思いが男たちの脳裏を過《よぎ》っている。

「旗本奴はよいな。奇傾き者はよい。この家光も、奇傾き者の心はようわかる。この姿を見よ」

「はっ」

荒神辰五郎も大熊鉄五郎も、応じたものの顔も上げられない。あまりの奇傾きぶり。しかも女の装束である。

「泰平の世となり、武士はまことに生きにくくなったものよの」

家光はつづけた。

「武勇の心をもてあまし、あたら奇傾いた身なりで市中を練り歩いて、喧嘩三昧に過ごすより生きる道はないのであろう。余もしばし忍び歩きし無頼派として暮らして、胸のすく思いを幾度もした。だが、気づいてみればその間に幕府の危機が訪れていた」

旗本奴が、いっせいに家光を見かえした。

「名は申せぬが、さる大藩がこの江戸の町を騒乱の地と化し、天下を奪わんとしておる」

旗本奴は、互いに顔を見あわせたが、知るかぎりそのような動きがあるとは思えない。やがて首をひねった。

「いや、上様の仰せのとおりである」

立花十郎左衛門が、夜陰に響きわたる声で言った。

「それゆえ、そちらの武勇、そちらの忠義を、いま徳川家と江戸市民のために活かして欲しい」

「申し上げまする。その大敵は何処の外様大名にございますか」

荒神辰五郎が、ようやく家光を眩しそうに見上げ、あらたまった口調で問いかけた。

「いずれの大名でござる。薩摩、前田、いや伊達でござるか」

大熊鉄五郎も、馬上の家光に向かって膝を詰めている。

「そのいずれでもない。外様大名ではないのだ。我が親藩である。それゆえにこそ、油断しておった。じつのところ、我が縁者ゆえ、こたびばかりは心をあらためれば許してやろうとも思う。だが、その手先として動いた者は江戸市民に迷惑をかける者ゆえ断じて許せぬ。それゆえ、これより成敗に参る。だが、こうした事情ゆえことを荒立てとうない。そちらの力を借りたい」

「われら、直参旗本、上様のためならいつでも命を捨てる覚悟。敵は何処に」

荒神辰五郎がまた馬上の家光を見上げた。

「そちらのよく知る者だ。それゆえ、先導を頼みたい」

「えっ」

荒神辰五郎が、度肝を抜かれて家光を見上げた。

家光が、葵徳ノ助としていちど旗本奴と争ったからには、よく知る者が誰かは推察がつく。

「もしや、波越伝兵衛で」

荒神辰五郎が、探るように家光に問いかけた。

「そうだ。ただし、今も申したようにあ奴が真の敵ではない。あ奴を操る者がある。わかるな、荒神辰五郎」

「それは……」

荒神辰五郎は、うっと息を呑んで押し黙った。

「おい、辰五郎……」

隣の大熊鉄五郎が袖を引いた。

鉄五郎は、いよいよ罪科が波越伝兵衛に与《くみ》した自分たちにも及ぶかもしれぬと畏れたのである。

「うぬら、よもや波越とその背後の太守に与《くみ》することはあるまいの」

家光が、ふたたび凛とした声で問いかけた。

荒神辰五郎と大熊鉄五郎が押し黙った。

家光に従うか、奇傾き者としていさぎよく斬り殺されるか、旗本奴たちは迷っている。

それを見て家光が大刀に手をかけた。

「余に従えば、これまでの波越と組んでの悪逆非道は不問に伏す。さもなくば……」

「滅相もござりませぬ。これより先導つかまつります」

腹を括った荒神辰五郎が、

「金打《きんちょう》」

大刀を膝の上に横たえ、柄を握った。

鍔元をかちりと打ち合わせる。

二言はないことを誓う古来からの武士の作法である。

「それがしも、お誓い申しあげる」

大熊鉄五郎も、荒神辰五郎を真似て鍔元を鳴らす。

それぞれの旗本奴たちも、それぞれの組頭を真似た。

「されば、参ろう。向かう先は、日本橋小網《こあみ》町波越伝兵衛の屋敷だ」

家光が高々と宣言した。

大熊組、荒神組の面々が、刀の下げ緒を解き、襷にした。

とその時、彼方から馬を飛ばして近づいてくる黒い影がある。見れば、家光の黒羽二重に馬乗り袴を着けた鈴姫である。

「上様、波越の屋敷が騒がしくなっております。決起のため、悪党どもが勢ぞろいしているようにござります」

「そうか、よく知らせてくれた」

「虎ノ助と亜紀は」

「すでに波越邸に向かっております。また、加賀爪さまの南町奉行所も動きだしました。放駒に結集した町奴の面々も、浪人どもが町に火を放つことを阻止するため、市中に散っております」

「されば、いよいよだな」

家光がぐるりと旗本奴を見まわすと、皆の間からいっせいに勝どきがあがった。

# 四

日本橋小網町の波越邸は、表向き豪商の大店といったおもむきだが、中庭をはさんでその奥には豪壮な棟がコの字型に立ち並び、さらに三層の蔵さえ聳え立って、今や魚河岸を手中に収めたかに見える波越の財力の大きさがうかがえる。

その波越邸に、その夜は多数の来客があった。

紀州藩きっての軍略家名取三十郎以下数名の藩重臣を招き入れ、造成中の佃島からも森一族を呼び寄せて、盛大な前祝いが催されていた。

江戸を火の海にして、江戸城に攻め入り、はみだし者の将軍を誅して、天下を奪う計画が、準備万端ととのったのである。

波越がここまで大胆不敵な行動に出るにいたったのは、紀州家藩主で南海の龍の異名をとる徳川頼宣の後ろ楯があってのことであった。

ただ、波越伝兵衛にとって気がかりなことは、口入れ屋〈放駒〉周辺に現れた浪人者の一団であった。

いずれも腕達者で、しかも波越に頑《かたく》なに抵抗する魚問屋相模屋周辺に出没している。

さらに数日前には佃島に潜入し、波越の手勢を数人斬り、逃走している。

しかも、まずいことに武器蔵を覗いて帰ったふしがある。

決起を早めたのも、こうした不可解な出来事があってのことであった。

「どうしたものか。幕府の密偵であれば由々しきことだ」

波越伝兵衛が、陽に焼けた大きな顔を歪め、手勢を束ねる浪人頭野村一心斎に言った。

「しかし、魚市場に足しげく出入りするからであろう、その体から魚の匂いが抜けない。

「しかし、あの者らと幕府の繋がりは見当たりません。さらに、勘定奉行大河内殿のお話でも、幕府内に紀州藩の策謀に気づく者はまだないとのこと」

「とはいえ、このところ市中の魚商人にしきりに町方の者が近づくようになったともいう。油断はできませぬぞ」

一心斎の向こう側で、紀州藩軍師名取三十郎が険しい顔をつくった。

知恵者らしく、額が高く眼窩《がんか》が窪んでいる。その双眸が苛立たしく左右に動いた。

「たしかに、ここは事を急いだほうがよろしかろう」

伝兵衛は、左右に分かれて酒膳を囲む男たちを自慢げに見まわした。

「さいわい、うつけ将軍はたびたび城中から姿を消し、江戸市中をうろつきまわっているという。あのはみだし者の将軍は、天下万民のため急ぎ排斥《はいせき》せねばならぬ。江戸の民は喝采して新たな天下人を迎えよう。我らの天下が近づいておるのだ」

紀州藩のおかかえ軍師名取三十郎が盃を取ると、波越伝兵衛が薄焼きの色鮮やかな銚子を向けた。

「して波越、市中に散った浪人どもは、決起の準備ができておるのか」

「総勢三百、武器も運び入れ、怠りなく準備をすすめております。また火付けの準備も万端、ご安心めされ」

「江戸城への襲撃部隊は」

名取三十郎の向こうの紀州藩重臣が顔を傾け、問いかけた。

「精鋭五百が、城内からの手引きを待ち、半蔵門から討ち入る手はずとなっております」

「いよいよだな」

「今宵はさいわい新月。闇は深く風も強い。大気も乾燥しておるゆえ、火の手は瞬く間に市中に広がろう」

「それにしても旗本奴どもが遅いの」

名取三十郎が苛立たしげに室内を見まわした。

江戸城内の案内役を頼むつもりである。

「荒神組、大熊組が今宵、駈けつける手はずとなっております。おって参りましょう」

波越伝兵衛が、また名取三十郎に盃を向けた。

「計画は、すべて話しておるのか」

「いえ、もしものこともあり、伏せております。ただあの者ら幕府に不満を持つ不平分子ゆえ、紀州様がお取り立てになると申さば、喜んで従いましょう」

波越がそう応じた時、廊下に荒々しい足音があった。

「誰か見て来い」

名取三十郎が傍らの紀州藩士に命じた。

襖が荒々しく左右に開いて、姿を現したのは荒神辰五郎、大熊鉄五郎の旗本奴の頭目二人であった。

「おお、参ったか。そなたらにも今宵はおおいにはたらいてもらうぞ」

そう言った波越伝兵衛が、二人の背後に立つ男に目を奪われた。

女人を思わせる奇傾いた身なりだが、腰間に細身の大小をたばさみ、鋭い眼差しで部屋のなかを睥睨《へいげい》している。

「あっ」

名取三十郎が小さく声をあげ、その男をもういちど見かえした。天王寺で旗本奴と争っていた男である。

「家光……」

主徳川頼宣によれば、この男こそが将軍徳川家光その人という。

「あいつは、なんでえ」

波越伝兵衛が、手酌でちびちびとやっていた荒くれ者に訊いた。

「あいつ、放駒の――」

あらくれ者が、大刀をひっつかんで立ち上がった。

「おまえさんたち、どうしてこいつと」

波越伝兵衛が、声を荒らげて荒神辰五郎と大熊鉄五郎を見比べた。

「あいにくだがな。おれたちゃ、もうおまえたちの思いどおりにゃ動かねえことにしたよ」

荒神辰五郎が言った。

「そうとも。おれたちゃ、幕府直参の旗本だからな。将軍様に刃を向けるなんてことはとてもできねえ」

大熊鉄五郎が、肩を怒らせて言う。

背後から、神祇赤鞘組を加えた三十名ほどの旗本奴が、どっと部屋に雪崩《なだ》れこんできた。

「ええい、やってしまえ」

伝兵衛がけしかける。旗本奴につづいて、家光、虎ノ助、亜紀が部屋に雪崩れこんだ。

「来たな」

さんざんに入り乱れて斬りあうなか、ニヤリと笑って立ち上がった男があった。二階堂流平法野村一心斎である。

「こ奴は、おれが相手をする。亜紀、おまえは上様を護っておれ」

虎ノ助が、抜刀した刀を中段につけた。

「虎ノ助、まだ勝負がついておらぬ。そやつはおれの相手でもあった。こちらに譲れ」

家光も抜刀する。

「上様、お控えくださいませ」

亜紀が青ざめて家光の前に立ちふさがった。

将軍が兵法者と真剣勝負などもってのほかである。

「ええい、こ奴ら」

三人に囲まれて破れかぶれになったか、野村一心斎が、前方、虎ノ助に討ちかかっていった。

数合刃をあわせ、相互に飛び退くのを見とどけると、家光は野村一心斎を二人に任せ、波越伝兵衛と紀州藩士を探った。

激しい気合のなかで、波越伝兵衛を護って、浪人者が家光の前に立ちふさがる。

家光は刃をかえして峰打ちに構えると、ひとり猛々しく浪人者の群に向かっていった。

無駄のない新陰流の剣が翻り、打ち据えられた浪人者がうずくまる。

追いつめられた波越伝兵衛が、腰の脇差しを抜きはらい、家光に斬りかかると、その刀を弾き返して、鮮やかな太刀さばきで肩口から峰打ちに斬りつけた。

うっ、と呻いて波越伝兵衛が前に崩れた。

と、屋敷の外が騒がしくなった。

「上様、町方役人がやってきましたぜ」

斬り結んでいた立花十郎左衛門が背中を合わせて背後から告げた。

「虎ノ助は」

家光が、駆け寄ってきた亜紀に訊ねた。

「あれに」

亜紀の振りかえった方向に、虎ノ助が野村一心斎と刃を合わせている。

「もう、大丈夫でございます」

亜紀がそういった時、虎ノ助が真っ向上段から一文字の剣でみごとに野村一心斎を仕留めている。

「仕留めたぞ」

虎ノ助が叫ぶと、浪人者の間に狼狽が走った。

「紀州藩の者どもは」

家光が部屋を見まわした。

軍師名取三十郎他、姿のあった数人の藩士がいつの間にか姿を消している。

「逃すな」

花田虎ノ助が後を追い、その虎ノ助を亜紀、旗本奴の一群が追っていく。

部屋に残った家光の前に凄惨な光景が広がっていた。

斬り捨てられた者が折り重なっている。

「もはや戦場だな」

家光が、目を背けてつぶやいた。

「上様は武門の頭領。戦場はしっかり見ておかねばなりませぬぞ」

いつの間にか姿を現した南町奉行加賀爪忠澄が家光の背後で言った。

「そうだな。平時にも乱を忘れぬことが大切。しかし、まだこれで決着がついたわけではない。南海の龍が余に牙を剝いているのだ」

家光はぐるりと部屋を見まわし刀を収めると、屍に両手を合わせた。

「余のために闘ってくれた旗本どもには、手厚く報いねばならぬな」

一人そうつぶやくのであった。

## 五

「それで、南海の龍はどうなったと思う」

お角の酒屋の食台の前で、太助が皆に得意気に語りかけた。

それを、徳ノ助こと徳川家光、放駒助五郎、虎ノ助に亜紀、後から加わったお京や元白波の三兄弟までが興味津々耳を傾けていた。

お角が皆のために熱燗を付けている。一仕事終えた後のこの酒が楽しみと、夕闇が下りるこの時分には、お馴染みの面々がずらり顔を並べるのである。

今日の話題は、江戸城内で繰りひろげられた将軍家光と紀州藩主徳川頼宣の対決で、もちろん得意顔で語ってきかせる太助とて、その目で直に見たわけではない。

親分の大久保彦左衛門が久しぶりに登城し、顔見知りの幕閣を呼び止めて問い質した話である。

「もったいぶらずに、さっさと話したらどうなんだ、この野郎」

気の短い助五郎が、苛立たしげに卓をたたいた。

「おまえさん」

お角が、苦笑いして亭主を振りかえった。家光はいつものそんな光景をにやにやしながら聞いている。

「それでよ、南海の龍は、堂々と将軍御座所に入ってきたってんだ」

亜紀はふと、祭の日に出会った恰幅のいい武士を思い出した。

「なんだい、その将軍御座所ってのは」

お京が、難しそうな顔をして太助に訊いた。

「将軍様の仕事場だそうだよ。その日は龍と対峙しようと、御老中をはじめ、幕府のお偉方がぐるりと囲んで待っていたそうだ。だが、敵もさるもの、ひっかくもの、ってわけで、威風堂々と入ってくると、甥御殿、ご機嫌はいかが、とのたまったそうだよ」

「へえ、それで」

八兵衛が食いかけのするめを握ったまま、次の言葉を促した。

「松平伊豆守ってご老中が険しい顔をして、町じゅうの魚屋で武装して待機していた浪人者や波越伝兵衛の屋敷から出てきた頼宣公の密書のことを告げてきびしく問い質すとよう」

「そんな陰謀、ありそうもない、としゃあしゃあとシラを切った後で、いきなりカラカラと笑いだし、将軍家はこれで安泰だ、とぬかしたそうだ」

「なぜ、安泰なんだ」

虎ノ助が訊いた。

「それはよ。この噂が外様大名から出たもんなら、たしかに謀叛の憂いもあろうが、徳川一族の謀叛の噂なら、ありようはずもねえってことじゃないかな」

「なんだかわかったようなわからねえような妙な理屈だな」

助五郎は、合点《がてん》がいかないらしい。

「火のないところに煙が立った、と一笑に付したんだろうね」

「つまり、一族の者が同じ親類縁者に謀叛を企てるとは、天に唾を吐くようなものだから、ありえないということなのだろうな」

家光が、太助に代わって言った。

「なるほど。ご一門の結束は堅いって言いたいんだろうけど、そこまでやっておいて、まったく太々《ふてぶて》しいお方だね。じゃあ、その紀州の殿様は、結局なんのお咎めもなしかい?」

お京がいまいましげにそう言い捨てた。

「まあな。だが最後に、しばらくの間は江戸を出てはならぬ、とのお達しが出たそうだ。将軍さまの直々の命《めい》だから、これは逆らえねえ。さしもの南海の龍も、おとなしく引きさがったそうだ。まあ、勝負は引き分けってところかな」

太助は、ちょっと残念そうに言った。

「でもだよ、お京さん。とにかくめでたしめでたしじゃないさ。波越は葬られて、魚河岸を独り占めしようって悪い奴らはいなくなったんだからね」

「そうさ、これでおれも安心して前みたいに商いができる。みんなも、魚を高値で買わされる心配はなくなったんだ」

太助がふっと吐息して、一同を見まわした。

「それもこれも、徳さんや虎ノ助さん、亜紀さんが、波越伝兵衛の屋敷に乗りこんで奴らをやっつけてくれたからだよ。感謝しなくちゃね」

助五郎が満足そうに三人を見まわして言った。

「いやあ、おれはけっこう危なかった。あの野村一心斎を倒せたのは亜紀殿のお蔭だ」

「どういうことです」

亜紀が真顔になって虎ノ助に訊いた。

「あの折、亜紀殿が控えていたから、念術を気にすることなく向かっていけた。剣なら負けはせぬからな」

「これからは、いい酒が飲めるね、虎ノ助さん」

お京が、虎ノ助の胸をたたいた。

負け犬のようにうなだれて酒に逃れていた虎ノ助を知っているお京だけに、お京も人ごとではない。

「皆の衆、よい知らせがある」

放駒助五郎が、思い出したように言ってふと立ち上がった。

「じつは、昼間、徳さんの叔父御大久保彦左衛門さんから連絡が入ってね。こんどの魚河岸の粛清と旗本奴、町奴の和議成立に大きく貢献したことで、将軍さまがこの〈放駒〉に酒十樽と白魚三箱、ご褒美をくださるというんだ」

「えっ、なんで将軍さまから」

八兵衛が、素っ頓狂な声をあげて二人の兄弟と顔を見あわせた。

「将軍さまといやぁ、天下様だ。そんなおえらいお方が、なんでまたこんなケチな口入れ屋にそこまで目をかけてくださるんだい」

「ちょっと、八兵衛さん、ケチな口入れ屋はよかったね」

お角が、真顔になって八兵衛を睨んだ。

「おいおい」

助五郎が慌ててお角をなだめると、お角はすぐに笑顔にもどり、

「冗談ですよ。たしかに、いい天下さまだよ。こんな小さな口入れ屋に、酒を届けてくださるってんだからね」

ちらりと家光に目を向けて言った。

「そうだよ、お角さん。この〈放駒〉の男たちが江戸いちばんの男伊達、女伊達だって認めてくださったんじゃないかい。みんな自信をもっていい」

家光が、ひとりひとりの顔を見まわしてうなずいた。

「よし。酒が十樽も来るとなりゃ、魚も白魚だけじゃ足りなくならあ。おれが、相模屋の旦那に掛けあって、活きのいいところを見つくろってとどけさせるよ」

「へえ、豪気なことを言うねえ。太助さん、いいのかい。そんな安請け合いをしちゃって」

お京がからかうと、

「いや、相模屋さんは、徳さんや虎さん、亜紀さんの大活躍、旗本奴、町奴の面々の協力に、ぜひ礼がしたいとおっしゃっていたところなんだ」

「よし、それならいっそ、この場を町奴と旗本奴の会合の場所にしようじゃないか」

助五郎がぐるりと皆を見まわすと、

「そりゃ、いい案だね。早速あたしゃ、明日にも兄さんのところに行ってくるよ」

お角が嬉しそうに言った。

「それなら、立花十郎左衛門にも知らせておかねばならんな」

家光がそういった時、玄関先に鈴姫がひょっこりと顔を覗かせた。背後に大久保彦左衛門を伴っている。

「あっ、親分」

太助が、彦左衛門の出現に驚いて迎えに出た。

「いやァ、鈴姫とすっかり仲良しになってしもうたよ。我が屋敷がなぜか気に入って、毎日のように上がりこんでおるよ。面白い娘だぞ」

彦左衛門が、目を細めて鈴姫を見た。

「姫、なぜじいのところが気に入ったのだ」

首をかしげて家光が問いかけた。

「今の旗本奴なんて駄目。いちばんの男伊達は彦左衛門さんだってことがよくわかったからよ」

鈴姫が、真顔になっていった。

なんでも、彦左衛門は江戸にあふれる浪人者のために私財を投げうって仕事先を探してやっているという。それが鈴姫は素晴らしいと絶賛するのであった。

「それはよいな」

家光と虎ノ助が、顔を見合わせて微笑んだ。

「ならば、ご隠居。浪人衆をおれのところに連れてくるといい。面倒をみるぜ」

助五郎が、ぱんと分厚い胸をたたいた。

「よい話だ。しかし、将軍様にも浪人対策にはさらに力を入れてもらわねばの」

虎ノ助が釘《くぎ》を刺すと、家光が苦い顔をした。

「きっと家光さまもわかっているはずだよなあ、お爺」

鈴姫が家光に助け舟を出すと、家光が立ち上がり、盃をとった。

「じゃぁ、これからも将軍様には頑張ってもらうってことで乾杯としよう。助五郎さん、音頭をとってくれるかい」

「それじゃあ」

助五郎が盃を高く掲げると、

「将軍様に乾杯」

浪々と声をあげた。

「家光様、乾杯」

虎ノ助、亜紀も徳ノ助を見て盃を上げた。

それを見て、

「おれっちには見たこともねえ将軍様より、徳ノ助さんに乾杯」

お京、太助、石川の三兄弟が、ひときわ大きな声をあげた。

時代小説

二見時代小説文庫

# はみだし将軍《しょうぐん》 上様《うえさま》は用心棒《ようじんぼう》1


著者 麻倉一矢《あさくらかずや》

発行所 株式会社 二見書房
東京都千代田区三崎町二―一八―一一
電話 〇三―三五一五―二三一一［営業］
〇三―三五一五―二三一三［編集］
振替 〇〇一七〇―四―二六三九

印刷 株式会社 堀内印刷所
製本 ナショナル製本協同組合




ISBN978－4－576－14175－6
http://www.futami.co.jp/

## かぶき平八郎荒事始　残月二段斬り

麻倉一矢［著］

大奥大年寄・絵島の弟ゆえ重追放の咎を受けた豊島平八郎、八年ぶりに江戸に戻った。溝口派一刀流の凄腕を買われて二代目市川團十郎の殺陣師に。シリーズ第1弾！

## 百万石のお墨付き　かぶき平八郎荒事始2

麻倉一矢［著］

五代将軍からの「お墨付き」を巡り、幕府と甲府藩の暗闘。元幕臣で殺陣師の平八郎は、秘かに尾張藩の助力も得て将軍吉宗の御庭番らと対決。シリーズ第2弾！

## べらんめえ大名　殿さま商売人1

沖田正午［著］

父親の跡を継ぎ藩主になった小久保忠介。財政危機を乗り越えようと自らも野良着になって働くが、野分で未曾有の窮地に。元遊び人藩主がとった起死回生の秘策とは？

## ぶっとび大名　殿さま商売人2

沖田正午［著］

下野《しもつけ》三万石鳥山藩の台所事情は相変わらず火の車。藩主の小久保忠介は挫けず新しい儲け商売を考える。幕府の横槍にもめげず、若き藩主と家臣が放つ奇想天外な商売とは!?

## 間借り隠居　八丁堀 裏十手1

牧秀彦［著］

隠居して家督を譲った直後、息子が同心株を売って出奔。昨日までの自分の屋敷で間借り暮しの元廻方同心の嵐田左門。老いても衰えぬ剣技と知恵で悪に挑む！

## お助け人情剣　八丁堀 裏十手2

牧秀彦［著］

元同心「北町の虎」こと嵐田左門は引退後もますます元気。岡っ引きの鉄平、御様御用家の夫婦剣客、算盤侍の同心・半井半平ら〝裏十手〟とともに法で裁けぬ悪を退治する！

公事宿《くじやど》 裏始末1 火車《かしゃ》廻る

氷月 葵［著］

理不尽に父母の命を断たれ、江戸に逃れた若き剣士は、庶民の訴訟を扱う公事宿で、絶望の淵から浮かび上がる。人として生きるために……。新シリーズ第1弾！

公事宿 裏始末2 気炎《きえん》立つ

氷月 葵［著］

江戸の公事宿で、悪を挫き庶民を救う手助けをすることになった数馬。そんな折、金持ちしか相手にせぬ悪名高い四枚《しまい》肩の医者にからむ公事が舞い込んで……。

公事宿 裏始末3 濡れ衣奉行

氷月 葵［著］

材木石奉行の一人娘・綾音は、父の冤罪を晴らさんと、公事師らと立ち上がる。牢内の父から極秘の伝言は、濡れ衣を晴らす鍵なのか!? 大好評シリーズ第3弾！

公事宿 裏始末4 孤月の剣

氷月 葵［著］

十九年前に赤子で売られた長七は父を求めて、十五年前に十歳で売られた友吉は弟妹を求めて、公事師らと共に闘う。俺たちゃ公事師、悪い奴らは地獄に送る！

神の子 花川戸町自身番日記1

辻堂 魁［著］

浅草花川戸町の船着場界隈、けなげに生きる江戸庶民の織りなす悲しみと喜び。恋あり笑いあり人情の哀愁あり、壮絶な殺陣ありの物語。大型作家が贈る新シリーズ！

女房を娶《めと》らば 花川戸町自身番日記2

辻堂 魁［著］

奉行所の若い端女《はしため》お志奈の夫が悪相の男らに連れ去られてしまった。ろくでなしの亭主を救い出すため、健気なお志奈がたった一人で実行した前代未聞の謀挙とは……!?